書癸泉

郑晓晖 著

中国言实出版社

图书在版编目(CIP)数据

李癸泉 / 郑晓晖著 . -- 北京 : 中国言实出版社，2022.12

ISBN 978-7-5171-4355-0

Ⅰ . ①李… Ⅱ . ①郑… Ⅲ . ①长篇小说－中国－当代 Ⅳ . ① I247.5

中国国家版本馆 CIP 数据核字 (2023) 第 007346 号

李癸泉

责任编辑：宫媛媛
责任校对：张馨睿

出版发行：中国言实出版社

地　址：北京市朝阳区北苑路180号加利大厦5号楼105室
邮　编：100101
编辑部：北京市海淀区花园路6号院B座6层
邮　编：100088
电　话：010-64924853（总编室）　010-64924716（发行部）
网　址：www.zgyscbs.cn　电子邮箱：zgyscbs@263.net

经　销：新华书店
印　刷：成都市兴雅致印务有限责任公司
版　次：2023年2月第1版　2023年2月第1次印刷
规　格：880毫米 × 1230毫米　1/32　7印张
字　数：155千字

定　价：78.00元
书　号：ISBN 978-7-5171-4355-0

向中国共产党第二十次
全国代表大会献礼

出版说明

湛江市坡头区建区三十多年来，在历届区委区政府的正确领导下，文艺事业不断发展，文艺队伍不断壮大，创作水平不断提高，出现了一批有影响的作者、作品。特别是新一届区委区政府成立以来，区委区政府的主要领导认真贯彻落实习近平总书记在全国文艺工作座谈会上的讲话精神，加强了对文艺工作的领导，从人力物力上大力支持文艺工作，使我区文艺创作出现了空前繁荣的景象，出了一大批较有质量的作品，在全市范围内产生了积极的影响，受到了上级领导和各界的好评。

为了展示我区文艺创作的成果，激励我区广大文艺工作者积极开展文艺创作，为人民提供更多更好的精神食粮，把我区建设成为一个文化强区，我们决定出版“湛江市坡头区文艺作品系列丛书”。

编辑出版“湛江市坡头区文艺作品系列丛书”是一项浩繁的工作，为了把这项工作做好，使“丛书”在我区社会发展和精神文明建设中真正发挥其应有作用，我们成立了专家组，认真把好入选丛书的作品质量关，同时认真做好出版计划，让更多的优秀作品尽快面世。也同时诚恳希望有关专家给予指导和帮助。

湛江市坡头区文学艺术界联合会

一份真诚的礼物
（代序）

林瑞梅

一本红色历史题材的长篇小说摆上了我的案头，我衷心地表示祝贺！

为了迎接党的二十大召开，湛江市坡头区文学艺术界联合会要求各协会积极开展文艺创作，以丰硕的成果向党的二十大献礼。我区作家协会积极响应，特别是老作家郑晓晖先生行动迅速，他深入革命老区采访，收集有关史料，开始创作反映我区大革命时期革命斗争的小说。经五个月的艰苦努力，他终于完成了红色历史题材长篇小说《李癸泉》的创作，向党的二十大献上了一份真诚的礼物。

大革命时期，我们党就在法租界广州湾东部边缘地区点燃了革命火种，带领人民开展了轰轰烈烈有声有色的革命运动。作品中的主人公李癸泉就是该地区首批共产党员之一，他是中共南二淡水沟小组的组长和随后成立的中共南二淡水沟支部的书记。他和他的战友们带领广大农民和渔民群众，向土豪劣绅和法国殖民主义者开展英勇的斗争，写下了本地区光辉的历史篇章，他们可歌可泣的斗争故事，在本地区广为流传。

这本小说以主人公李癸泉不长的一生为线索，串起了大革命时期广州湾南二地区的斗争历史。它忠于历史，又突破具体事实的局限，具体形象地再现了法租界边缘地区南二一带大革命时期风云激荡的革命斗争，塑造了一位追求真理、敢于斗争、英勇不屈、廉洁奉公、可亲可爱的共产党员的光辉形象，读来令人感动。

作为一位本土作家，作者对本地区的风土人情、历史文化、生产生活是非常熟悉的。书中就有很多地方地理历史方面的叙述、诗联歌谣的介绍，以及本土语言的使用，这些都很有特色，读来让人感到亲切。

郑晓晖先生是一位散文诗词的好手，已出版了几本散文集，这本小说也体现了他这方面的专长和特点。书中有不少景物描写和人物动作、心理的刻画描写也很成功，充满美感，给人以精神上的享受。

坡头地区历史上曾是法国强租的广州湾的一部分，这里的人民曾受到封建地主阶级的压迫和帝国主义的残酷统治。在中国共产党的领导下，坡头地区人民掀起了一浪又一浪的反抗封建地主阶级压迫、反抗法国殖民统治的斗争高潮。“文章合为时而著，歌诗合为事而作”。《李癸泉》可以说是我区第一部正面描写这一时期革命斗争历史的长篇小说，它给我们再现了那一时期的历史风云和革命英雄人物，对我们开展党史教育和革命传统教育提供了帮助。从这点来说，这本小说是值得我们肯定和称赞的。

在这奋进新时代的火红年代里，我期望着今后有更多这类题材的好作品出现。

我是一个文艺爱好者，但对文学创作并不熟悉，应郑先生之邀，写了上面一些感受。不当之处，敬请方家指正。

（作者系湛江市坡头区文联主席）

目录 / CONTENTS

云涌广洲湾

“哇——”一声响亮的啼哭，打破了太平村冬夜里的寂静。此年为清光绪二十二年，岁序丙申。

“是个养牛的，恭喜恭喜！”接生婆从房子里走出大厅，对着李英梅大爹说。

大爹就是刚出生的孩子的爹，一个老老实实的农民。“多谢！唉——”大爹对接生婆谢了一声之后，又长叹了一声。添丁固然是好事，但刚出生的已是老五，又添了一张吃饭的口，难啊！

三朝“洗骚”之后，十二朝就要给新生儿起名了。早上，大爹往肚子里塞了几个番薯后，就出门往三合窝圩赶去。他要找算命先生给小孩定命根和取个名字。

村子离三合窝圩有五里远。东面就是鉴江的出海口。鉴江发源于信宜，经信宜、高州、化州、电白、吴川流入南海。流经吴川县南二乾塘、米稔、梅魁地段时，有三条支流横穿而过，给这块土地带来丰沛的水量。这三条支流分别是米稔江、乾塘江和梅魁江，三江最后汇合在三合窝圩的西面，形成巨大的漩涡，然后和南三河汇合在一起，浩浩荡荡地流入南海。因此，这里就被人叫作“三合窝”，后人简称“三窝”。

三合窝东面朝南三河出海口的岸边，各地渔船和商船不约而同地在这里聚集。上岸加加水，歇歇脚，卖卖鱼，添些柴米油盐，一时樯橹云集，这里很自然就成了一个渔港，岸上由此自然形成一个小集市——三合窝圩，摊档、小商铺有了，日子馆也就有了。

大爹赶到三合窝圩，日子馆才刚刚开门。大爹进到馆里，将小孩的生辰八字告诉先生。先生掐掐手指，翻翻书，一会儿就把名字写出来了。先生说：“这小孩命不错啊，冬季出生，就取个‘癸’字吧。许慎《说文解字》云：‘癸，冬时，水土平，可揆度也。像水从四方流入地中之形。’水为财，人人都希望财如泉涌。就取名‘癸泉’吧。妙！妙！妙！好名也！”最后，又按排行，取了个字，叫“荣喜”，因为前面四个哥姐分别称“荣安”、“荣泰”、“荣英”、“荣进”。

太平村很小，只有三四户人家，村子就在鉴江出海口的右岸上。村子靠海这边，是一堆堆的沙丘，是千万年来鉴江和南海冲击堆积而成的。鉴江自信宜而来，浩浩荡荡，至吴川境内，江面变得开阔起来，到南二沙城和吴阳沙角旋之间一带，就宽阔得像一个大湖泊。滚滚江水直涌入南海。江海相接处，如果是海水涨潮，入海的江水就和上涨的海水互相冲击，涌起一线雪白的浪花，形成一个奇景，人们称之为“雁门飞雪”，自古以来，这就是吴川八景之一。江海在这里汇合，波翻浪涌，横无际涯，艳阳高照，气象万千，蔚为大观。粤西历史上唯一一位状元、吴阳霞街人林召棠有诗云：

飒飒惊沙白日昏，饥鹰瑟缩下平原。
玉龙喷沫晴吹雪，白马驱涛险作门。
万古飞扬尘劫换，双丸激荡夜潮喧。
云帆渔榜讴歌路，谁信当年战垒存。

若是海水退潮，眼前又是另一番奇景。海潮退了，江水好像也瘦了。在沙角旋外大海处，就露出一条几里长的沙洲，像一条脊梁挺起，一直通到大海，这也是鉴江和南海相互冲击而形成的。远而观之，就像一把利剑，将江海劈开，左边是无边愤怒的大海，右边是一条白练似的温顺的河流。于是，人们又称这里为“利剑门”，真是形象贴切。

这一带，因为江海汇合，江水给大海带来无数的微生物，为海洋生物的成长提供了丰富的养分，因此这里鱼虾螺蚌既丰富又肥美。

这里地处偏僻，百姓多以耕海和耕田为生，生活苦得很。大爹家添了一张口后，日子更是百上加斤，更难了。为了养家活口，大爹没日没夜地浸在海里，忙在田中。他常常自嘲说：“朝不见日头，晚不见沙洲。”

不知不觉，一年多过去了，小癸泉已会走路，摇摇晃晃的挺招人喜欢。日子虽然艰难，但多了这么个小宝贝，家中还是添了些笑声。然而，大年过后，春荒就来了，青黄不接的，怎样活得了一家几口？大爹每天起得更早了。

那一天，大爹和村中几位兄弟驾着舢板又出海了。他们随着水漂，漂到了对面的南三岛北头寮的水埠。

因为这里正是米稔江、乾塘江、梅魁江与南三河汇合后流入南海的江海交汇处，咸淡水在这里交汇，微生物也是非常丰富，很适合海生物生长。这里鱼多又肥。停船此处垂钓，运气好的话，可以钓个十斤八斤。更方便的是，回来时，小船往岸边一靠，上面就是三合窝圩。上了岸，鱼还鲜得很，往鱼摊上一放，就容易卖个好价钱，然后到米行籴来几斤米再回去。

大爹他们刚到埠，马上就下钓，等待鱼儿上钩。一个北头寮的老乡正在海滩上围泥塘。

所谓围泥塘，就是在靠岸边的海滩上，挖起海泥，向海的方向从两头筑起一条海堤，围成一个大大的半圆形的水塘，人们称之为“泥塘”。海堤的中间空着一个大口子，口子两边和中间打下几根竹竿，堤内下面因被挖泥筑堤而自然形成一条浅沟。涨潮了，海水通过中间的大口子涌进泥塘里。随着潮水上涌，大大小小的鱼虾就游进泥塘里觅食。潮平了，整个泥塘都被淹没在海水里。这时，泥塘主就拿着一张网，下水到海堤中间的口子，把网挂起来。退潮了，早退的鱼虾可以越过海堤逃出去，贪食的鱼虾最后就只能顺着两边的浅沟游到大口子里面，泥塘主早早张在那里的网把它们拦住。水通过大口子流出去了，鱼虾只能往前挣扎，乖乖地被捞起来放进鱼筐里。这是一种古老的捕鱼方法。

看到他们下钓，北头寮老乡就抬起头对他们说：“喂，你们不怕死吗？还敢来这里钓鱼呀？”

“怎么啦？兄弟。我们只是钓些小鱼，换些米粮，应付三餐而已，没事吧？”他们听了北头寮老乡的话，摸不着头脑，以为侵犯了别人的海埠，忙解释着。

“不是嘞。前天，也就是廿二，几百个红毛鬼开着大军船，在广洲湾大庙那里上来。他们担着火枪扛着大炮，叽里咕噜地讲着外国话，无人听得懂。这些红毛鬼听说是法国来的，好野蛮，见人就打，见猪就捉，好可怕啊。听说已在红坎岭那里建军营。眼看祖祖辈辈的岭头被占了，新村儿村人就出来阻拦，话都不能讲一句，法国兵一棍就朝你的头敲来，再多说两句，就把你抓起来揍你。听说广洲湾那里连大网也不能拉了。南三田头村武秀才陈跃龙和霞瑶村文秀才陈竹轩正带着一千多人到那里交涉，附近的村庄怕红毛鬼进村抢东西，都用簕芥和仙人掌把村子封了，每晚都敲锣响鼓吹螺号。睇来，今后日子更难挨了。”

大爹几个听了这话，心里一沉，赶忙收起钓具，将舢板往三合窝那边移，三心二意地在那放放钓，小半天也没钓上几条鱼，好像今天连鱼也躲起来了。

巳时中，江口外海远处，一片黑云滚涌而上，很快把太阳遮住了，海水也变成了黑色，一场大风雨就要来了。

大爹他们赶紧收起钓具，操起舢板，急急忙忙往家赶，再也不敢到这边的海埠钓鱼了。

快乐的时光

虽然穿的是哥哥们轮流穿过的旧衣服，吃的也是番薯稀粥，但小癸泉也一天天长大了。

俗话说，“爹奶疼长孙，父母宠幼子”。爸爸妈妈很疼爱他，哥和姐也很爱护他，在这样的家庭里，他快乐，也很懂事。白天，他和小伙伴们玩耍，做游戏。他们几个把脚伸直并排而坐，然后一边唱着儿歌：

点脚泥鳅，
龙盘坐舟，
三官坐轿，

白蚁行桥。
桥儿震震，
震到三合窝大路口，
大小姑娘收一脚。

一边依序唱一个字点一只脚，最后那个“脚”字落在哪一只脚上，这只脚就要缩起来，然后再重头开始，直到剩下最后一只脚游戏结束。夏天月明之夜，小伙伴们就拉出一张草席铺在家门口的地上，然后躺在草席上，望着月亮唱起儿歌：

月光光，照地堂。
年卅晚，摘槟榔。
槟榔香，摘子姜。
……

一直唱到不知不觉睡着了。

虚岁八岁那年，父亲花了几斗米，把他送到邻村的私塾那开蒙。听说能去读书，李癸泉高兴极了。家里穷，买不起书包，他就从大人破烂的衣服上剪下一块布把书包起来上学。在私塾，他认识了几个同学，其中沙城村的陈庆桃和他最要好，两人一见如故，很快成为好朋友，上学放学，一起出出进进。癸泉很懂事，知道家里穷，供自己读书不容易，就非常勤奋读书。每天一到书房，不用先生督促，就“天地玄黄，宇宙洪荒……”读起来。每次先生点名背书，他都能倒背如流。随着时间的过去，《三字经》、《千字文》、《幼学琼林》、《弟子规》、《增广贤文》、《千家诗》等，他都能一字不漏地背出来，先生很喜欢这个学生。学而优则仕，先生认为他前途无量。

今天，先生开讲了，讲的是对仗。先生讲了一通对仗的有关知识后，就让学生进行练习。

“大家听好了，我出三个字，看看谁对得出。这三个字就是：追——紫——燕。”先生把“追紫燕”三个字一个字一个字地念出来，以引起学生思考。

“捉红钳！”老师的话音刚落，李癸泉马上站起来说。

“哈！哈！……”顿时，同学们大笑起来。

先生先是一愣，然后点点头，说：“俗则俗矣，平仄仄对仄平平，工整，尚可。”然后先生问，“癸泉，你为什么想到用‘红钳’来对？”

李癸泉回答说：“先生好！我家穷，每天放学，我就快快回家帮忙干活，放牛啦，到田里帮忙拔草啦，到海里摸鱼摸虾啦。今天我准备放学后到海里捉红钳，所以我一下子就想到‘红钳’了。”

“哦——”先生长长地“哦”了一声，若有所思地点点头，用手示意他坐下。

放学了，李癸泉收拾好书本，就急急忙忙往家赶。他放下书本，背起一个竹篓子，扛着一把锄头，翻过沙岭，到海滩上去捉红钳。

红钳是一种小螃蟹，在海滩上打洞生活。这种小螃蟹长着一对比其他腿要大的红色的像钳子的螯，所以叫它红钳。抓它来可以煮着吃，也可以把它捣成汁，放进瓦罐里，加些粗盐让它发酵，做成红钳汁，以备平时佐菜或直接下饭之用。

捉红钳也是一件快乐的事情，今天，小癸泉和他的小伙伴来到海滩上，一边捉红钳，一边和小伙伴唱起《捉红钳》的歌儿来：

思想起，好悲伤，
搭张船儿捉红钳。
捉一斤来晚嫂抓四两，
捉生捉死无到两斤钳。
天阴那时还自可，
天公落雨几凄凉。
伸手捉钳它走入葭丁蕴，
为何惹我心事伤。
天光捉到黄昏晚，
大沙搭船西台上。
捉钳归家放下缸中腌，
明天捞起上圩场。
啱啱卖得七文广东纸，
人家比错是中央。
心惊那时快快走，
走入米行籴米比钱人量。
匆匆走出店门去，
黄坡搭船高岭上。
上渡那时跌一跤，
白白米粒染泥浆。
心燥那时无想要，
归家哪得稀粥尝。
逼着低头来挲起，

愁眉苦脸转家堂。

歌声伴着孩子们的笑声在海滩上回荡。

那时读书是讲钱财的，没钱就不能读。有钱了，就读半年几个月；没钱了，就停学；再找到钱了，又可以复学，当然，没钱有米也行。

上学的时光是快乐的，也是短暂的。第四年八月初二，李癸泉早早就来到了书房。他低声地对先生说："先生，我不读书了，特来和您告别。谢谢老师的教诲！"声音里带着哭腔，然后深深地向老师鞠了一躬，转身离开了书房。

"什么？你退学？"先生不解地问了一句，交代一下学生，就追了出来。

先生一直追到李癸泉的家，找到李英梅大爹，喘着气反复地说："癸泉儿是个读书的料啊，不读书，太可惜了。"

"唉，家穷啊！识几个字就行了。谢谢先生了！"大爹低着头说。

看到他们家家徒四壁，先生摇摇头，跨出了大爹的家门。

因为人聪颖，读书又勤奋，李癸泉虽然只读了几年书，但也认得了不少字，特别是那手毛笔字，写得很漂亮。他已是村子里最有学问的识字人了，这影响了他的一生。这是后话。

习武兼学医

那个年头，兵荒马乱的，村子就在海边，经常有海盗到村子抢掠，特别是那些小村庄，更是经常受害。因而南二南三一带习武之风很盛，不少村子都会用祖偿的钱粮或大家凑的钱，请武术师傅来开馆授徒，让青年学习武艺来保护村庄。因为白天大家要耕田耕海，没空，所以功夫馆都是在晚上教学功夫，一教就到深夜。

前两年，淡水沟也请了一位武术师傅来开馆授徒。这位武术师傅是吴川泗岸人，名叫陈焕五。陈师傅功夫十分了得，还兼有一身好医术，跌打刀伤，驳骨医疮尤其擅长。能请到他来开馆，真不容易。因此，陈师傅一来到，淡水沟的青年就慕名而来参加学功夫，村子也跟着热闹起来了。

学功夫不需要做什么准备，每人只需要具备一条长腰带，俗称“股腰”，绑在腰间就能上场。

晚饭后，乡村就静悄悄的，平时大家最多就是串串门，聊聊天，就各回各家休息了。打从功夫馆开馆后，学功夫的早早就到场学功夫，不学功夫的男女老少，也跟着到功夫馆来看人家练功夫，功夫馆热闹了，村子也热闹了。癸泉辍学后，年纪也大了几岁，晚上没什么事，也跟着大人到功夫馆来赶热闹。

一回生二回熟。去得多了，李癸泉和大家也混熟了。大家都喜欢这个聪明伶俐的小兄弟。

“师傅，请喝水。”李癸泉时不时双手捧着一碗水递给陈师傅。

有时看到陈师傅向两边看看，李癸泉就知道陈师傅想抽烟，马上找来水烟筒，向别人要来烟丝，塞在烟嘴上，然后连同火柴递给陈师傅，说：“师傅，请抽烟。”

次数多了，陈师傅就喜欢上了这个眉清目秀斯斯文文的少年郎。

有一天晚上，李癸泉吃完晚饭，又和大家到功夫馆去，这几乎是他们每晚的节目。

“癸泉儿！”陈师傅喊着。吴川话里名字后加个“儿”字，表示是个小孩。

“哎，师傅，什么事？”李癸泉急忙站起来说。

“下去扎马步！”陈师傅大声地说。

“我？”李癸泉不明白地说。

“我什么我？快下去！”陈师傅提高声调说。

李癸泉在大家的一片愕然中跑进了练功场，他连“股腰”

还没有呢。从此，李癸泉就顺理成章地加入了学功夫的队伍，他的一生也从这里翻开了新的篇章。在功夫馆里，一批师兄弟成了他一生要好的朋友。

扎马步，是学功夫的最基础动作，也是最枯燥的动作。扎马步时，要挺直上身，弓着腿，双手握拳贴在腰两边，很辛苦。时间长了，不少人会偷懒，俯着身子或伸直腿。喘喘气，松一松。而小癸泉则咬着牙，流着汗，坚持着。扎马步期间，陈师傅会来回地巡看全场，时不时会“啪”的一巴掌打在那些偷懒的徒弟屁股上，纠正着他们的动作，说：“不好好扎马步，将来和人家交手，不用人家打，几个回合，自己就跌倒啦。”为了证明他的观点，陈师傅还和大家说起一个故事：

话说某地有个财主，请来一位教头教他儿子学功夫。每天晚上，教头功夫不教，就是叫他儿子扎马步。时间长了，财主就辞退这位教头，并且不给学费，理由是，没教功夫不给钱。教头气火了，一脚就朝财主儿子的屁股踢去。财主的儿子被踢得飞过旁边一间小屋的屋顶，大家以为这一回财主的儿子不死也头破腿断。出乎意料的是，财主的儿子落地时却稳稳地站在地上。财主的眼睛瞪得像牛眼，终于明白教头的苦心，就想出钱挽留教头。可是教头拿起衣服搭在肩上，头也不回就走了。

当然，李癸泉的表现也全落在陈师傅的眼里，渐渐地，陈师傅对这个斯斯文文的小徒弟就另眼相看了。

夜深了，学功夫进入了尾声，那些来看人练功夫的村民早已回家休息，就是学功夫的不少人也打着哈欠回去了。这时，东家就会煮点“菜头仔粥”，作师傅的夜餐。所谓“菜头仔粥”，就是在粥里放上一点菜头仔（即萝卜干），或用菜头仔来作餸（方言中指“下饭的菜”）。你别小看这“菜头仔粥”，因为只有师傅才有资格在夜间吃得上。所以本地人说人资格老不老，就说他吃过多少“菜头仔粥”。每晚，李癸泉总会陪着师傅到最后，帮师傅舀好菜头仔粥，恭恭敬敬地捧给师傅。陈师傅更在心里认可了这个小徒弟。

师傅吃宵夜的时候，总会讲点武林典故，或者治疗骨伤的事情。言者无心，听者有意。李癸泉就会默默地把这些治疗的方子记在心中，回去后，再记在本子上，记不全的，第二天晚上再问师傅。

今晚，功夫馆又开场了。这一晚，功课是练对打，大家就结对练起来。大家你攻我守，你进我退，一时功夫场上，尘土飞扬，吆喝声四起，煞是热闹。场地不大，亚牛退着退着，不小心被后面师弟的腿绊倒了，摔了下去。他下意识地用手撑地，但失去重心，把手骨弄断了，痛得呲着牙，吸着气。陈师傅急忙赶来，认真察看，然后细心地把他的断骨接上，简单地涂上跌打榜酒，再用东西把手骨固定，最后用破布条包扎好，吊在脖子上。

癸泉紧张地打着下手，拿这找那，忙前忙后。等到大家散后，他回到家，已是子时末。他简单地洗洗脸，就上床休息了。

第二天一早，李癸泉一起床，就赶着鸭子到海边放养。刚从海边回来，就看到陈师傅在岭头丛林中找草药。李癸泉急忙跑过去向师傅问好。当知道师傅是在为跌断手骨的亚牛哥找药后，他就陪着师傅到处转。多了一个伴，而且是自己的好徒弟，陈师傅也来了兴趣，一路上有说有笑。

“癸泉儿，你把那棵草药拔起来。”走到村子后面的岭头，陈师傅说。

“是那棵驳骨消吗？”李癸泉问。

“哎，你认识？就是它。”陈师傅说。

李癸泉把驳骨消拔起来，说：“是我父亲教我认的。他说这种东西是一种药，我们这里比较少见。师傅，它有什么用？”

陈师傅拿过药，说：“驳骨消又叫鸡骨香。它有行气止痛、祛风消肿的作用。驳骨医伤要用到它。”李癸泉听了，点点头，默默地记在心里。

师徒俩又走到村子西边一个大园子旁边，见到一种植物，叶子长长且有点宽，枝条上面吊着很多小小圆圆的红色的果子。

“终于找到它了。”陈师傅说。

“师傅，这叫什么？有什么用？”李癸泉见师傅这么说，知道这味药难得，就急着问起来。

“这叫大罗伞。有消肿止痛的作用，也能止血。把它的根和叶子捣成泥巴的样子，敷在受伤的地方，就能起到消肿止痛的作用。亚牛那个马骝那条断骨的手臂，今天必定肿起来，正需要这味药。”陈师傅介绍说。

李癸泉认真听着陈师傅的介绍，不时地点点头。待师傅说完，他就蹲在这棵大罗散旁边，挖了几条根，又摘了一些叶子，放到师傅的药袋里，然后回头给大罗散的根部回填泥土。陈师傅说：“你做得对！我们不能杀鸡取卵。要保护好这些生草药，什么时候需要还可以回头采。”

师徒俩继续往前走。每找到一种药，陈师傅就给李癸泉介绍这种药的特点、功用和使用方法。李癸泉跟着师傅转了这一趟，觉得学到许多东西，受益匪浅，心里高兴得很。他默默地下决心，一定要跟着师傅好好学，将来也能成为一名治病救人的好医生。

找齐了药，李癸泉就领着师傅到亚牛家，把生草药捣碎成浆状，敷在亚牛的手上，重新固定和包扎。

来来去去，好学勤奋的李癸泉跟着师傅采药，认识了不少草药，也了解了这些药的功用，成了师傅的好帮手。有时，师傅没空了，就叫李癸泉去野外捡草药，直接去给亚牛换药。

陈焕五师傅来南二教馆后，名气越来越大。晚上教功夫，白天就去给人家看病。每次去给人家治病，总会带上李癸泉，让他给自己打下手。渐渐地，捡药啊，敷药换药啊，都由李癸泉去做，李癸泉慢慢上手了。陈师傅四处给人治病期间，也会有些喜欢武术的青年来向陈师傅请教功夫。由此，李癸泉也认识了一些年轻人，大家成为好朋友。像大仁堂的李瑞春、姓梁村的梁辑伍、姓钟村的钟炳南。师傅还经常叫他到坡头圩买药，来去多了，他就跟开药店的卢裕生成了无话不说的好朋友，有时还在卢裕生家喝上两杯。

民国七年三月的一天，陈师傅跑到李癸泉家，还没进门，就急急地喊道：“癸泉儿，快跟我去三合窝圩，有人受伤了。”

“好的！”李癸泉马上从屋子里跑出来，二话不说，接过师傅的药袋背起来，就和师傅急急忙忙赶去三合窝圩。

不到半点钟，他俩就赶到了三合窝圩。只见大树底下围着一群人，中间坐着两个人，衣服被撕烂了，一只手断了，一条腿断了，周围的人一脸焦急。

见到陈师傅来到了，大家急忙打招呼让开路。陈师傅赶忙走进去，蹲下来，仔细地察看了两人的伤势。

“癸泉，你看看袋子里缺什么药，快去岭头上捡回来。”陈师傅吩咐着，头也不抬，马上动手给这两人处理伤口、接骨。他知道李癸泉已完全清楚需要什么药了。

三合窝东面是一片开阔的荒野，那里生长着各种各样的植物，李癸泉对那里也很熟悉。他听了师傅的话，立刻起身，快快地往东面走去。走到那里，他转了几圈，就捡回了几味草药，然后急急忙忙地跑回来，汗也来不及擦，就蹲下来捣药。陈师傅已清理了两个人的伤口，给那个断手的接正了骨头，正在给那个断腿的接骨。

李癸泉捣好药后，就先给那个断手的敷药、固定、包扎。另一个人的断腿也给陈师傅接好了，师徒俩就一起给他敷药，用板子把腿固定包扎好。这一切都处理好了，两人才能喘上一口气。

“怎么搞成这么重的伤啊？”李癸泉关心地问。

“给红毛鬼打的！”旁边一位老人说。

“为什么？难道没有王法啦？而且下手这么重！”李癸泉气愤地说。

“什么王法？红毛鬼侵占广洲湾，建南营，建军港。讲好是租借南三广洲湾来停船放煤的，但他们还不满足，又过南三河占麻斜，建东营，还要毁人家张氏祖陵建花园。占了麻斜又过海占海头汛，在那里烧杀抢掠，引得那里的民众拿起刀枪跟他们打。他们有枪有炮，不知打死了多少人。他们把地占了又建西营，红衣兵、绿衣兵、蓝带兵什么的都有。他们盗用南三岛广洲湾的名字来称呼抢占的地盘，只是偷偷地将‘洲’字的三点水拿掉了，以示区别。他们侵略的野心永远无法满足，这不，又到我们南二来了。他们要在三合窝口建公局，又在渔港这边建兵营。”另一个刚才帮助包扎的老人说。

“我们家祖辈都在三合窝口住，平时耕耕海揾三餐，回来了就把渔网晒在沙滩上。天知道，那些红衣兵、绿衣兵、蓝带兵来到那儿，二话不说，就扯掉我们的渔网，拆掉我们的棚屋，一个讲广州话的人讲要在这里建公局，还说看得起我们南二才把公局建在这儿。我们上去跟他们讲理，想说这块地是我们的，他们二话不说，拿着枪托就砸我儿子，我儿子抬手来挡，结果，手给砸断了。好凄凉啊。”老人一边说，一边擦着眼泪说，“听说陈师傅来三合窝圩给我们医伤，我们就走到这里等你了。”

“我家是从吴阳那边搬来的，到三合窝已是第三代了。我们几代人在这里摆个摊档，做点鱼鲜生意，谋个生活。不想今天来了一批兵，有本地的，也有讲鬼佬话的，用石灰粉把周围好大的一块地圈起来，说要在这建营房。我也是出来和他们说，这是我家几代人住过的地方，你们抢走了，我们一家住哪儿？他们一句话也不说，把我推倒就打，把我的小腿打断了，还将我家那些台台凳凳扔出去。他们真是一伙强盗。一点人性也没有。”这个断腿的喘着气说。

“这些雷劈的！”李癸泉一边抓起一块石头砸在地上，一边恨恨地说。

听了大家的哭诉，发了一通火，师徒俩无奈地收拾好东西，默默地起身离去，药费也不肯收。

走在回家的路上，陈师傅心情很沉重，对李癸泉说：“癸泉呀，什么叫‘国恨家仇’？这就是！法国鬼不远万里来到这里，侵我国土，伤我国民，此仇不能不报！习武的人要有骨气，同仇敌忾，家国情怀不可无。医者要有仁心，救死扶伤，不义之财不可取。记住呀。”

“徒儿知道了。我们要有岳飞的肝胆，精忠报国，把红毛鬼赶出去，还我河山！”李癸泉回答说。

陈师傅听了点点头，继续默默地往回走。

日子在无奈中慢慢地过着。每天晚上，武馆的汽灯照样早早就亮起来，功夫场上，一众弟子一如既往地扎着腰带勤奋地练着功夫。近段时间，打功夫时发出的“嘿哈”的声音照样雄浑有力，但大家的心情好像很压抑，笑声明显少了，大家说的话题很多都是关于红毛鬼的。

“那天我去三合窝圩，看见番鬼佬的公局楼和兵营都已经建好了。每幢都是两层，好高啊，四十八墙的火砖墙，还用红毛泥在里面批挡，炮都打不倒，好坚固哇！听说原来属于吴川县这边只有三个公局，除了三合窝圩，南三木渭有一个，坡头圩有一个。兵营就有四个，除了三合窝圩，坡头圩、西埇尾、烟楼岭各有一个。三合窝兵营驻扎着好多兵，霸占的院子很大，我看见一批士兵在操练，都拿着枪。这些兵穿的衣服是蓝色的，裤子很长，戴一顶用竹子编的帽子，不伦不类，看了好想笑。”亚生说。

“兵营还配有一艘船，平时停在渔港岸边，其他船都不敢靠近它，有多远就离多远。这艘船真怪，没有风帆，开船时‘哒哒哒’地响，就飞出去了，好快啊！听说那些当官的去西营、赤坎，就是坐这艘船去的。”亚牛说。

“何止这些！”亚九说，“我三合窝圩姑丈说，法国人在三合窝还设了税站，对商铺和渔船收税。什么都要交税，门牌也要交税，听说有十多二十种税，弄得那些渔船都不敢回三合窝港，因为辛辛苦苦出一次海，回来要交税，‘除篮没鳝’了。但你不回来交税，法国兵就开着那艘无帆船出海，追着那些不回港的渔船收税。渔民的日子可苦啦。”

大家越讲话越多，对红毛鬼真是恨之入骨，但又无可奈何。

“大家要珍惜时间，好好练功夫，增加防身的本事啊。”李癸泉提醒着大家。

练功场上，大家练得更起劲了。只是气氛有点压抑，就像大风暴即将来临的样子。

法国人收税从三合窝渔港收到乡村来了。蓝带兵和绿衣兵三五成群，扛着枪，有的还牵着一条狗在乡间晃荡。老百姓远远望见了，就锁上门，跑到野生林里躲避。

那天法国兵又来了，村西三叔发现法国兵时，门都来不及锁，拔腿就跑。法国兵跟着追，三叔没办法了，一头钻进葭丁林，就无影无踪了。“啪！啪！啪！”法国人朝着葭丁林开了几枪，才无可奈何地放弃追捉。

法国兵时不时来骚扰，害得百姓连地也无心耕种了，大家的日子更艰难了。

请师傅教馆也坚持不下去了，把这里当作第二家乡的陈师傅只能收拾简单的行李，离开了淡水沟。几年的相处，感情深着啊！李癸泉背着师傅的行李，依依不舍地送了一程又一程，直到把师傅送到了黄坡才回来。

立业与成家

李癸泉渐渐长大了，已成了一个一米八高的英俊小伙子，走起路来，虎虎生风。他读过几年书，又跟陈师傅学过几年功夫，可算是淡水沟文武双全的人，乡亲们过年、娶亲什么的要写个对联，都来找他。

他成了耕田耕海的一把好手，像父亲那样风里来雨里去，挑起了家庭生活的重担。在他的努力之下，家里生活稍有起色。

他跟随陈焕五师傅好几年，四处行医，亲自参加医治病人，积累了很多经验。师傅对他特别好，每种药怎么用，每种病怎么医治，都毫无保留地教他。他特别虚心学习，平时把师傅用的那些方子认认真真地记下来，所以他也掌握了一套治病救人的本领，也像陈师傅那样，主攻外科，特别对跌打刀伤和医疮经验独到。

陈师傅离开了，功夫馆关闭了，村子热闹不再，重新回到寂静的状态。李癸泉是个闲不住的人，晚上没什么事做，又不喜欢打牌什么的，就温温旧时的书，写写字。这时，他想，几年来跟随陈师傅学功夫和行医，做了些记录，留下了一些方子，何不利用晚上的工夫，进行整理？想到这，他马上干起来。每天晚饭后，他就坐在书房里，点上煤油灯，对着师傅的方子，根据自己在治疗过程中的亲身体验，认真思考起来。有时候还跑出去找来草药，放在嘴里咀嚼，多加体验，反复推敲，最后在方子上加加减减，成为新的验方。他找来水纸（也叫竹仔纸），把它裁成统一长宽的一张张，将确定了的新方子，用毛笔认认真真地抄写在纸上，两个方子抄成一张，然后集中放好。

夜晚的小乡村静极了，只有窗外传来连绵不断的涛声，偶尔还有村外树林里夜鸟的叫声。书房里昏黄的灯光，将他的身影久久地贴在墙上。

多少次月光进窗探望，多少次雄鸡凌晨高唱，抄写的方子渐渐多了起来。

有一天晚上，好友陈庆桃从沙城村过来探望他，见到他抄写的方子，就拿起一张来看。

“你还在练书法啊，字写得真好！比当年在学校读书时写得老练多了。”陈庆桃啧啧地称赞着。

“你不要笑我了。只读了那么几年书，我肚子里有多少墨水你不知道？我不是练书法，是抄药方，一叠都是药方。晚上闲来无事，我就将师傅的方子拿来看看，再根据实际处理一下，然后重新抄一次，保存起来。”

“这一叠都是啊？你真了不起啦！你这么一抄，就把经验留下来了，很有用啊，比你师傅还厉害了。我建议你尽量收集，多写出一些方子来，然后编成一本书，留给后人，造福百姓。这可是功德无量的事啊。你比华佗还厉害，华佗没留下书啊。”

“你别开玩笑了，怎么能拿神医来作比呢？不过，你说的有一点值得考虑，那就是做成一本书，便于保留，需要时拿出来翻翻。”李癸泉说。

“好啊，听我的话了？那就加把劲吧，做好点，做快点。我想早日看到你的书啊。”

月上中天，这两位好友聊了好一会儿，陈庆桃才告辞回家。

陈庆桃走后，李癸泉就继续修改方子，抄写方子。很多时候，鸡都啼了，他才上床睡觉。

经过不知多少个夜晚，方子的处理基本完成。药方可不是小事，它关系到人的身体，甚至人的生命。为了百分之百不出错，李癸泉又重新审阅了一次所有的方子，有错漏的再重新抄写一遍，终于编成一本书。他认真地把书页弄整齐，在边上折了一行，用锥子在上面钻了几个洞，然后用线把它装订好，再加个封面封底，用番薯粉煮了一点浆糊，把封面封底贴好后，就用楷书竖着工工整整地写上：

十二时辰经脉打伤验方

他捧着这本心血之作，久久不肯放下，心中喜悦之情，只有村外不远的南海波涛才能相比。

为了让好友分享他的喜悦，第二天晚上，他放下饭碗，就回到书房，用一块布，小心翼翼地将书包好，然后出门找陈庆桃去了。

陈庆桃是沙城村人。沙城村离太平村不远。沙城的“城”字，在吴川话里是“堤坝”的意思，“沙城”就是沙堆成的堤。沙城村位于鉴江边上，千百年来，江水从上游带来了无数的沙，风又把这些沙吹到岸边，日积月累，沙越堆越高，在村外就形成了一条沙堤，村子也就以“沙城”命名了。

不多一会儿，李癸泉就到了陈庆桃的家，还未进门，他就大声地嚷道：“老朋友，你交代的任务完成了，现在送上门来，请你验收。”说着，就在桌子上打开包着书的布，双手捧着书递给陈庆桃。陈庆桃在身上擦擦手，郑重其事地接过书，端详起来。小乡村竟然出现了一本本土的书，那可是开天辟地第一回，了不得的事啊！

“你这个家伙真的厉害啊！难得！难得！鸡窦里飞出了金凤凰了。古人说‘青出于蓝而胜于蓝’，确实没错！”陈庆桃高兴得说个不停。

“你不要闭着眼说了，我哪能跟师傅比呀？还‘胜于蓝’哩。这都是师傅的方子，我只不过抄一遍而已。”李癸泉谦虚地说。他知道，没有师傅，就没有他今天的本事。

“嘿！陈师傅如果看到了，肯定比捡到一块金子还高兴。”陈庆桃说。

“唉，不知师傅现在怎么样了，还真想念他老人家呀！”陈庆桃的话，勾起了李癸泉对师傅的思念。

两位老同学聚在一起，总有说不完的话。只是月亮已悄悄地升到了半空，李癸泉告别回去了。

这本书凝聚了李癸泉无数的心血。编书的过程就是李癸泉总结医术的过程，编完这本书，李癸泉的医术又提高了。陈师傅回泗岸以后，他留下的空缺就自然由李癸泉填补上来，附近村庄的人有个什么病痛就来找他，甚至黄坡和隔着海的南三岛，也有人来请他治病。他医术好，人又善良，那些穷苦的病人没钱治病，他就免费给予治疗，所以，他的口碑很好，成了当地很有名的医生。

今天天气很好，太阳早早就出来了，照在长长的利剑门上。海潮要到十点钟左右才涨起来，李癸泉快快吃完几个番薯和一碗米汤就拿着螺耙出门，准备到海滩耙沙螺。他出村不远，就看到邻村姓冯村四婶提着个篮子往土地公那里走去，李癸泉就打趣地说：“四婶早呀，去求土地公保佑你发财吗？”

“哎，不要取笑四婶了。四婶是去求土地公保佑我不要败财。”四婶愁着脸说。

“怎么啦？有什么事？”李癸泉很关心地问。

“狗仔他爸不知碰到什么邪，背后突然生了个疮，痛得要辞生嘱死。我只好去拜拜土地公，求他驱驱邪，医好狗仔爸。”

“你先不要去拜土地公吧，带我去看看。”

四婶停住脚，看了看李癸泉。

“信不过我吗？让我去看看再拜也不迟吧？”李癸泉笑着说。

四婶点点头，说：“好，走吧。”就转过身带李癸泉往家里走。

一进门，就看见四婶的丈夫趴在门楼一张长凳上，时不时呻吟一声。

“四叔，怎么啦？”李癸泉一边放下螺耙一边打着招呼。

“不知道是不是那天去三合窝的路上撞上什么邪，回来两天后背就很疼，疼得我真想死去算了。”四婶丈夫说。

“让我来看看吧，可能我能治好呢。”说着，就拉起他的衣服检查起来。

李癸泉一看，只见背后左肩下凸起红肿的一块，就知道是怎么一回事了，说：“叔，这不是撞邪，是生了毒疮，土地公是不能治好的。不要怕，我能医好它。”

“什么？不是撞邪？”四婶丈夫马上坐起来，拉好衣服说，“你能医好？真的能医好？”

“我保证医好你。你等着，我就到岭头找找草药。”李癸泉还没把话说完，就转身出去了。

“多好的一个青年仔啊！”四婶叹了一句。

这个岭头李癸泉太熟悉了，从小到大，他在这里玩游戏，放牛，一草一木都清清楚楚。特别是跟着陈师傅学医救人的几年，他都不知到这里找了多少次药，哪里有什么药，好像他的心里都有一本账，所以，很快就找到了治疗毒疮的几味药。

他急匆匆地赶回四婶家，用清水洗洗草药，就要来一块木板，用大刀的刀背快快地轻砸一阵，就把草药捣成了浆糊状。然后叫四婶丈夫像刚才那样趴在条凳上，让他把药敷上去。敷药时，四婶丈夫问：“这是什么毒疮？这么疼。”

“这叫‘手搭’，也叫‘手搭疮’。这种疮又分两种：一种叫上手搭，一种叫下手搭，你长的这个是上手搭，就是长在手搭在肩下这个地方。”李癸泉回答说。

“要忌口吗？癸泉。”四婶问。

“有些东西暂时不吃吧。”说着，就把一些要注意的问题告诉他俩，还跟他们讲起朱元璋的故事。

传说朱元璋坐上龙椅以后，慢慢对那些和他自小玩到大，共同打下大明江山的开国功臣起了提防之心，怕他们将来也会夺走他的江山。感觉到这个皇帝朋友有了这个想法以后，一些人就弃官不做躲了起来避祸。而有些人觉得大家兄弟一场，自己为打下大明江山也出过力，应该没事吧，就留在京城，其中大功臣徐达就是一个，徐达可是朱元璋的左膀右臂呢。有一天，朱元璋听说徐达背后长了个毒疮，至于长的是什么毒疮？不太清楚，反正像手搭一类的毒疮吧。于是朱元璋就派人给徐达送去一只鹅，听说还是烧鹅。徐达跪着接下了朱元璋这个赐品，为难了，皇上赐的东西不能不吃啊，哪怕背上长着毒疮不能吃鹅。思前想后，徐达最后还是硬着头皮把鹅吃了。结果，毒疮发作，一代开国功臣死了。

“不怕，我们连三餐都吃不饱，哪里有烧鹅吃？”四婶听完故事就说。听着四婶的话，大家就哈哈地笑了起来。

敷完药，用布条包好，李癸泉洗洗手，就准备走了。

“先别走，吃完饭再走。”四婶丈夫爬起来，对四婶说：“不要去拜土地公了，把猪肉切了，请癸泉侄儿吃饭。”

“饭就不吃了，我没空啊。”说完，李癸泉就扛起螺耙。

“等等！癸泉啊，涨潮了，今天耽误了你耙螺，不好意思啊。”四婶说完，就拿了几文钱给李癸泉，“四婶家只有这几文钱了，小小意思，你拿去买糖胶吃吧。”

“什么意思？为什么给我钱？”

“医药费啊。”

“哎呀！我怎能收钱呢？药是到岭头捡的，不用钱。你这么困难，就留着买番薯买米吧。明天我再捡些药来，给叔换上。”说完，转身就走了。

大海已经满潮，螺耙不成了，李癸泉只好往家里走去，也快要吃午饭了。

“癸泉啊，你今年也二十出头了，到了娶媳妇的年龄了。建幢房子吧，有了房子就好娶媳妇了。”李癸泉一坐到饭桌旁，大爹就唠叨起来。大爹已不是第一次说这个事了。

房子是要建了，老房子实在住不下一大家子人。李癸泉工闲点的时候，就开始准备打泥吉，为建房子做好准备。

南二南三人说的泥吉就是泥砖。打泥吉可不是一件小事，比砌墙建房子难多了。打泥吉首先要选定一块黏性强的稻田，把泥土深翻松，接着挑水把泥土浇透，牵上两头牛和人一起踩踏，把泥土弄成浆糊状，有些人家还在泥浆里加些稻草，以增加泥浆之间的牵连。泥浆弄好了，就开始打泥吉。打泥吉需要的人就多了，首先要有体力好、技术高的师傅“抽模”，即把泥浆放到砖模里，压实，再把模抽起来打下一个。其次是要大量的人铲泥浆、挑泥浆。

李癸泉刚吃完早餐，准备去翻土，门外就传来了一阵说笑声。他出门一看，原来是功夫馆的那班兄弟扛着锄头、挑着水桶来了。

“哎，你们干嘛？”李癸泉说完，就一把抓住亚牛的手，往肩头推了一拳。

“你小子好呀，要打泥吉建新屋也不告诉大家一声。”亚牛说完，手一挥说，“去，带大家翻泥去！”

“哎呀！谢谢兄弟们！”李癸泉说完，扛起锄头，就带着大家往田里走去。

这批都是功夫馆出来的年轻力壮的小伙子，半个多时辰后，在说说笑笑中他们就把地翻松了。接着大家熟头熟路地到池塘挑水，搞泥浆，亚牛和亚生回家把自己的牛儿赶来踩踏泥浆。到中午，泥浆就踩踏熟络了。下午，李癸泉兄弟再来处理一下，将打泥吉的场地平整好。

第二天，开始打泥吉了。一大早人就到齐了，包括像四婶丈夫那些平时被李癸泉治好的人。大家挑着泥浆往打泥吉场地奔跑，功夫馆的那班兄弟负责“抽模”。“抽模”是最累的，要弯着腰，先用稻草扎成的刷子蘸水，将模具里面刷一次，再将模具放到泥浆堆里，压到底，然后两手交叉将泥浆往四个角压实，抹平，最后把模具抽起，一个泥吉就打成了，接着就是下一个。说来容易做来难。如果“抽模”的师傅动作慢，给挑来的泥浆堆围住了，这个师傅就丢脸了。

常言说，人多力量大。很快就打够了建房子的泥吉，稻田边那块空地整整齐齐地摆满了刚出模的泥吉，很是壮观。李癸泉“谢”字还未出口，大家连脚都不洗，就回家了。

泥吉晒得差不多干了，李癸泉兄弟四人就把泥吉翻起来，竖着放，让太阳晒干泥吉的底部。同时，用柴刀把四边溢出来的干泥浆和底部凸出的部位削掉，以保证泥吉六个平面的方正。等到泥吉完全晒干后，就要及时搬回家叠好，要不下起雨来，就前功尽弃。泥吉的重量可不轻，每个都有几十斤重，要全部搬回家，可不是一件轻松的事。又是那班兄弟，用两个有月光的晚上，把泥吉挑回家叠好。

黄道吉日选好了，还是这帮兄弟朋友来帮助建房子。挑水的，搅泥浆的，搬泥吉的，递泥吉的，砌墙的，各司其责，忙而不乱地干起来。递泥吉的是一条真汉子，因为墙砌高了，泥吉就不是递上去的了，而是直接抛上去，难度多大啊，功夫馆的朋友就有这个本事。墙砌好了，就要盖屋顶。因为没钱买茅草，只能用稻草来盖，其中一部分稻草还是借来的，等到明年收割了再还。在盖屋顶的同时，还要用手把泥浆抹上内外的墙壁。这样，房子就算建成了。平整地板，安装门扇，慢慢再来。

房子朝西，和南二的民房一样，也是一座“四臂屋”——后面是一厅两房的主屋，两边是屋臂（厢房），前面是门楼，开着大门，左边的屋臂还开着一个侧门。不过，李癸泉还在门楼前面多建了一条屋，因为剩下很多泥砖。这条屋，平时就作接待、给人看病之用，当作“书房”。

房屋建好后，媒婆就上门提亲了，女方是姓梁村人，听说年方十八，温柔可人。

接着，就是相亲，下定，过礼，送年庚，睇日子，迎亲，拜家先。吹吹打打，热热闹闹，周公之礼成。

第二年，儿子出世，取名衍章，一家子其乐融融。

这个时候，李癸泉的主业就是行医，耕田耕海倒成了副业。他有时在书房接诊，更多的是到四乡八邻行医，因为很多伤者行走不方便。也因此，他跟很多村庄的人都很熟悉。有些人叫他“李先生”，有些人叫他“癸泉哥”、“癸泉叔”。

苦闷与宣泄

那天上午八点多，海潮退得差不多了，利剑门快要全部露出来。癸泉吃了两碗番薯粥，准备重操旧业，去撒撒网，捉点小鱼虾回来做菜。乡下人除了过年过节，没有谁到三合窝买菜的，都是自家种些青菜豆角，或腌些咸萝卜和红钳汁来作餸。另外到海里捉些小鱼小虾，或挖些海螺回来煮熟下饭。

李癸泉刚准备出门，一个青年气喘吁吁地跑来，说：“癸泉叔，快去救人，我叔公给人打伤了。”

“人在哪里？”

“在大窝天后宫旁边。”

“走！”

李癸泉放下网具，挎上布袋，跟着这青年就往天后宫方向赶去。

一路无言，李癸泉急急脚地赶到天后宫附近，只见大树底下，一大群人围在这里，咒骂声，哭泣声，叹气声，混在一起。

“闪开闪开，癸泉叔来了。”那个青年喊道。

满头大汗的李癸泉二话不说，放下布袋，马上察看起来。真惨啊，皮开肉绽的。伤者右手捧着左手在不停地抖着，鲜血淋漓的，衣裳染上了血迹，旁边一个大妈在哭泣着。李癸泉先轻轻地用烧酒清洗了伤口，敷上他自己炼制的膏药，就包扎起来。然后给伤者把脉，确定他还受了严重的内伤。

李癸泉给他开了一副药，叫人去坡头圩捡来熬给他吃。这时候，李癸泉才开口问起事情的缘由。

原来这青年的叔公家里很穷，没田没地，平时靠耕海度日，钓钓鱼，耙耙螺，舍不得吃，全拿到三合窝圩卖，挣得三文十二来换点粮食。家里鸡没毛火没炭，吃一餐愁一餐。法国人来了之后，加紧对渔民收税。叔公拿些海产品去卖，交了税，就所剩无几。叔公就想多找一条门路，租些地来耕种，退潮捉小海，涨潮耕田，帮补家计。他便租了一块地，这块地是南三地主尤坡雕的。尤坡雕爱财如命，心地恶毒，到处置田置地，除了南三，南二也有他的土地。他的地租特别重，占收成的五成，甚至连稻草也要和他对半平分。尤坡雕手下养着一批打手，为他催租逼粮。这位叔公租了地后，起早摸黑，用心耕作，庄稼倒也长得不错。叔公想，今年生活会好些吧。但人算不如天算，大海发大潮，海水倒灌稻田，使得叔公租种的田地失收，白白干了一季，还欠着租谷，东挪西借之后还欠着八斗谷子。这不，今天，尤坡雕的手下又来逼租了。叔公交不出租，就被这批人从家里拖到天后宫这里毒打，扬言还不交租，过几天还要上门来教训他。

李癸泉早就听说了尤坡雕的恶毒，今天又看到了这位叔公被打的惨状，气愤极了。他说："这个尤坡雕真可恶！我们一定要想个法子对付这些恶霸地主。"

"唉，古来有话，'穷不和富斗'。我们连三餐都难揾，怎么和有钱人斗啊？"旁边一位大爷说。

"总不能让他们任意欺负啊！穷人也是人，穷人要帮穷人，要不就没活路了。"说完，李癸泉给这位叔公留下些膏药和身上仅有的几文钱，就回家了。

虽心里愤恨，但癸泉又不知怎样做才好，闷得很。日子在难过中一天天地过去。

民国十五年三月中旬的一天，一个青年赶到太平村，找到李癸泉，说："李先生，子安叔叫我来请您到黄坡医伤，有人被打伤了。"

子安姓李，吴川黄坡人，是李癸泉到黄坡行医时认识的朋友。大家都姓李，同姓三分亲嘛，一来二往，两人就成了互相信任的好朋友。听说好朋友相请，癸泉二话不说，背起布袋就和这位青年走。

他们一边走一边聊，才知道这人为什么受伤。

当时黄坡是吴川县政府的驻地。自古以来，黄坡就是吴川比较富庶的地方。黄坡土地平坦肥沃，又有黄坡江水浇灌之利，再加上黄坡处于交通要地，南来北往的人多，黄坡人头脑灵活，善于经商，百姓生活水平较其他地方的要好些。可是官僚和土豪劣绅互相勾结，收取二十多种苛捐杂税，鱼肉百姓，使得百姓生活普遍困难，入不敷出。当时流传着这么一句话：“放下禾镰无米煮，卖儿鬻女好凄凉。”可见黄坡的百姓生活也是艰难和无奈的。

开年以来，春荒未过，土豪劣绅又以办学为名，巧立名目，擅增“三捐”。一是“蒜头捐”。黄坡人有种生蒜的习惯，每年产量都很高。一些商人就购进蒜头来腌制加工出卖。种蒜的有销路，买蒜头的也有钱赚，所以产销两旺，各有得益。那些官僚劣绅看到了，就横插一脚，增了个“蒜头捐”，向买蒜头的生意人加征5%的税，以中饱私囊。二是“蒜串捐”，即卖蒜头的农民每卖得一千钱就要交十文钱。三是“壳灰捐”，就是农民把珊瑚、贝壳烧成灰来做耕田的肥料，也要额外交税。百姓日子本来就过得很不如意，而现在正是青黄不接的时候，又增加“三捐”，岂不是雪上加霜？黄坡的老百姓很气愤，但也很无奈。黄坡村的一位老农，开春了，烧了点螺壳灰准备春耕用，结果被勒令交税。老农哪有钱缴税？和差人吵上两句，就被打得皮开肉绽，肋骨也可能被打断了。可怜啊！

听说了这个情况后，李癸泉心情变得非常沉重。他想，这个世道怎么这么不人道？他除了担忧那个老农之外，还非常痛恨那些鱼肉百姓的官僚劣绅，恨不得按着他们揍一顿。

他们两人来到了伤者的家，没看到李子安。那位受伤老农的家，可以说，家徒四壁，床上那张草席也是破的。老人告诉李癸泉，说李子安正带领群众参加游行示威，到县政府请愿去了。并说，这次振文四十八乡共有五六百农民代表来到黄坡参加游行示威请愿。听说吴阳、芷寮、塘墩、石门和龙头等乡也有人来，规模很大，他从来没见过。

李癸泉马上蹲下来给老农治伤。经检查，除了外伤之外，两条肋骨也被打断了。李癸泉熟练地处理着表面的伤口，然后小心地固定好被打断的肋骨。

“老人家，肋骨我给您固定好了，您要好好静养，不要大动作地动，更不能干重活，否则，断骨很难愈合，要记住啊。”李癸泉叮嘱着。老人听了，说：“谢谢李医生！可我手停全家的口就要停了啊，唉——”

把这一切都做完了，李癸泉水也不喝一口，就叫那位青年带他去找李子安，他俩也有一段时间没见面了。

他们来到县政府驻地附近，就看见一队人，看样子有成千上万的人，正举着红旗，拉着横额，向吴川县署拥来。横额上写着“取消‘三捐’，给民活路”的字样。人们高呼着口号，把县署围个水泄不通。人头涌涌，口号声声，这个场面，李癸泉看得内心十分激动，也很解气。他还从来没见过这种场面，心中很久以来积压的那些郁闷好像得到了彻底的宣泄。他不自觉地迈开步子，也加进请愿的队伍。他高举着拳头，用力地挥舞着，跟着大众高呼着口号。县署的上空，如滚过阵阵春雷，黄坡圩的条条路巷，人流还在向县衙门涌去。

在此同时，梅菉等地也正发生着大规模的游行示威和请愿。反“三捐”的斗争如火如荼，震撼着整个吴川。

示威活动还在进行着，在此同时，省农民协会的一位领导正在县衙门里和县长交涉着。里面唇枪舌剑，外面怒潮澎湃。迫于群众的压力，吴川县县长苏鹗元同意取消“蒜头捐”，但坚持收“蒜串捐”和“壳灰捐”。斗争取得了初步胜利，大家解散了。

李子安带着李癸泉回到了李子安的家。李癸泉异常兴奋，说："兄弟，你们真厉害，竟然逼得官府取消了'蒜头捐'，真是变了天了。我读了几年书，都没读过民斗赢官的，你们是怎么做到的？"

李子安笑了笑，意味深长地说："现在不同了，我们有了了不起的领头人。穷要和富斗，民要和官争，大家就要团结起来，人多力量大，才能斗得过，斗得赢。"

李癸泉点了点头，似有所悟。接着，不无遗憾地说："可惜啊，还有两种税没取消。"

"兄弟，会的。我们不达目的决不罢休。我们的斗争还会继续，我们的目的一定能达到。"李子安充满自信地说。

兄弟难得相见一次，李子安留李癸泉在家吃饭。他们一边吃饭，一边继续着刚才的话题。李子安还向李癸泉讲了一些省城的情况，讲了其他一些地方农民成立协会维护自己利益的事。李癸泉听了觉得很新鲜，心里有一种莫名的冲动，感到很兴奋。

吃完饭后，李癸泉就和李子安告别，回家了。一路上，李癸泉还是抑制不住内心的兴奋，连走路也轻快了许多。

回到村子后，李癸泉就和兄弟家人以及朋友们讲述黄坡发生的事，因为太新鲜了，一连好几天，他都处于兴奋之中。

风起淡水沟

淡水沟上下，日升日落，照样鸡鸣狗叫，田野里不时传来牛儿“哞——哞——”的叫声。穷人的肚子，整天“咕咕”作响。乡间小路，不时闪现出蓝带兵和红衣兵的身影。

五月了，村后沙岭的树木似乎更绿了，簕芥伸展着那带齿刺的长叶，仙人掌黄黄的花儿盛开在林间。海边的葭丁木挺立在江海边，鸥鹭时而从葭丁林中飞起，时而从海上冲入葭丁林中。入夏以来，雨水增多了，把鉴江灌得满满的，江面宽阔了许多，滔滔滚滚的江水日夜不停地奔流入海。

“初三、十八，大流大刮；初九、二十三，水大牛归晏，水下牛归栏。”都二十几了，该是流减低潮了，但今天的潮水总不见退，不远处，“雁门飞雪”浪花飞得更欢。海天之间，遥远处传来似万马奔腾的声音，虽然阳光还闪耀在波峰浪谷间。

李癸泉好久没时间也没心情到海边来了。今天，他听到那隆隆的海响，凭经验，就知道这是台风来临的信号。但现在才是五月下旬，台风不应该来得这么早呀。于是，他就走上沙岭，看看这朝夕相处的鉴江和大海。引人入胜的“雁门飞雪”雪白的浪花还在艳阳下飞溅，突然，遥远的海天之间，乌云如万马奔腾之势，一下子把天空遮住了，海鸟急忙飞入树丛中躲避。

“天有不测之风云”，虽说是五月天，台风还真的是要来了。

李癸泉急忙跑回家，大声叫道：“大家快快出来！台风真的要来了，快快绑屋。快！快！”

听到李癸泉在喊着，兄弟们都走出来了，抬头望望天，天果然黑云滚涌，暗了起来。兄弟们二话不说，也不要谁指挥，就分头干起来，因为年年有台风，防风都是熟头熟路的。大哥荣安将那些缆绳全搬出来，荣泰则拖出建房子剩下的竹子，他们七手八脚地用缆绳把两根竹子绑住，压在屋脊的两边。然后顺着房子两头屋檐把绳子拉下去，同样绑住两根竹子，把下屋檐压住，再延长绳子，在离地面的位置，绑上一块大石头或其他重物。还在屋顶的中间分别等距离地拉两根绳子，准备用同样的方法压住屋茅，以防台风把稻草掀掉，因为，他们村子就在海边，无遮无挡的，风特别大。

这时，一点风也没有，天上乌云越聚越浓，偶尔飘来几滴雨滴。李家兄弟正在紧张地加固着房屋，有几个人来到了屋门口。其中一个是李子安，另外三个不认识。李子安和李癸泉打了招呼后，正要向他介绍另外三个人，其中一位操着带有雷音的广州话说：“先把房屋加固再说吧，台风快到了。”说完，就帮着拉绳子、绑重物，动作非常熟练利落。大哥荣安和荣进去铲泥草坯来压屋脊。到了村外田野，荣安挥动锄头在铲着草坯，荣进则来来回回地挑着草坯往家送。绑好了竹竿后，癸泉和荣泰爬上屋脊的两头，下面的人把草坯抛给他俩，将屋脊压实。人多力量大，李子安四人加入后，在台风到来之前，就把几间房子都压实了，每个人头上都挂着汗珠。

回到屋子里坐下来，李子安就说：“真是‘天有不测之风云’呀。谁想到五月也有台风呢？可能也是‘贵人出门招风雨’吧。来，我给大家介绍几位‘贵人’。”说完，他就向大家介绍这三位客人。

原来那位讲带有雷音广州话斯斯文文双目炯炯有神的人是遂溪人，叫黄学增，是大革命时期与彭湃、阮啸仙、周其鉴齐名的农民运动领袖。1925年底，国民革命军南征结束之后，广东达至统一，农民运动公开化合法化。黄学增从广州回到南路，公开职务是广东省农民协会南路办事处主任，人称其为黄主任。他还有一个身份，就是中国共产党南路特派员。

听了介绍，李家兄弟马上齐齐站起来，轮流和黄主任握手，都高兴得不得了。开天辟地以来，这偏僻的小乡村哪有什么官员到来过，他们哪见过这么大的“官”？难怪他们像捡到了一大块金子那样出乎意料和惊喜。

第二位叫陈信材，又名陈柱。身材笔直，举手投足间自有一种气派。他出生于廉江县白鸽港村，祖籍石门泮北村，是个进步有为的人。他19岁就投笔从戎，曾任国民革命军连长、代理营长。1926年底应黄学增的要求，辞去军职，回吴川与黄学增一起搞农民运动，同时加入中国共产党，成为吴川县第一位共产党员、中共吴川县支部首任书记。

第三位就是吴川振文共产党组织的负责人彭成贵。而李子安则是中共吴川黄坡党组织的负责人。李癸泉和李子安来往这么久，到现在才知道这位兄弟还有这一层身份，真有点出乎意外。

大家坐下来后，李子安说：“黄学增同志从梅菉乘船，打算前往广州湾赤坎联系工作，不想遇到台风，只好上岸避风。我想到你们的村子就在附近，就拼命赶在台风来临之前赶到这里靠岸。同时黄主任和陈书记也想顺便到这法租界最边缘地处偏僻的淡水沟一带进行考察，以便开展革命工作。今天来到淡水沟可说是天意啊，谢谢这场台风了！”说完，大家就哈哈大笑起来。互相之间的心理距离，一下子拉近了。

李癸泉一家热情欢迎他们到来，要杀鸡煮白米饭款待他们。黄学增连忙制止他们一家人，说：“我们是共产党人，是为老百姓谋幸福的，不是官老爷，能给我们煮一兜番薯填饱肚子就行了。再说，我知道你们穷着呢，怎能让你们破费？”李家兄弟真是大开眼界，从来没见过用番薯填肚子的官。他们对黄学增几人好感大增。

“好！好！好！贵客临门呀！前几天四婶不是送来一篮子小芋头吗，快煮来吃。”李癸泉吩咐着妻子。

不久，李癸泉妻子就端来一竹兜热气腾腾的小芋头，大家无拘无束地一起剥着吃。吃完了，就到书房闲聊。

李癸泉首先说起那天黄坡游行请愿的事。

说起那天的事，李癸泉还无比兴奋和激动。他说：“太解气了！想不到百姓也能斗过官府，从来没听过。可惜只取消了‘蒜头捐’，种大蒜的和烧螺壳的还是要交税。”

“都取消了。”李子安说。

“真的吗？”李癸泉说。

“真的，一点都不假。那天我不是跟你说过，不达目的我们决不罢休吗？”李子安说。

“你们怎么做到的？真想不到啊。”李癸泉再问。

陈信材说：“黄主任是省农协的人。他帮我们成立了县农协筹备处，帮着我们筹备处向省农协告状。在省农协的支持帮助下，通过省政府，由政府下令取消‘三捐’。斗争取得完全胜利。”

李子安接着陈信材的话，说：“其实，这次示威请愿，就是黄主任和陈书记领着我们干的，是他们教我们怎样发动群众，团结起来争取自己的利益。这样，我们就能取得胜利。”

李癸泉听得很神往，说：“县农协能领着我们斗红毛鬼、斗尤坡雕就好啰。南二百姓好苦啊！”

“会的。农协就是为维护农民的利益而成立的。南二的农民兄弟我们不会丢下不管，天下的百姓都是一家人。会的。”陈信材强调说。

李癸泉不停地点头。

这时，暴雨开始倾泻而下，屋顶“啪啪”作响，接着暴风到来了。海那边涛声如万马奔腾，声威吓人。屋外“呜呜”的声音，一阵紧似一阵，不断传来树木被折断的声响。整个天空如一口倒扣的黑锅，天昏地暗。李癸泉提来一盏煤油灯，黄学增顺手划着了火柴，点亮了煤油灯，一下子整间书房都亮堂堂的了。

反正出不去了，大家继续在漫谈着。

通过路上李子安的介绍，又通过刚才的交谈，黄学增和陈信材对李癸泉的印象很好，觉得他是个本质善良、对现实不满、向往进步、想为穷人办事的好青年。应该好好引导他，培养他走上革命的道路，从而开辟这一带的革命局面。

“李医生，听说你是当地很有名的医生，医术很高明，救治了不少人，对那些穷人你不但不收钱，还送药送钱，真难得啊！”黄学增表扬李癸泉。

李癸泉说：“黄主任过奖了。我不是什么名医，医术也不算高明，只是跟着师傅到处医人，学到了一点医术。我师傅常常教育我，医者要有仁心，救死扶伤是医者的本分。我只是照着师傅教的去做罢了。再说，我没有钱，只不过是把少少的钱用在最需要的人身上而已。我想把所有的病人都治好，可是越治病人越多啊。那些红毛鬼和财主佬，骑在百姓头上作威作福。他们收租收税，还动不动就把人打死打伤，再多再好的医生也没办法啊。”

黄学增说：“你真是一位善良的好医生。你也说得对，有法国侵略者在统治，世间有财主重重剥削和压迫，穷人即使没被打，也没法活，更何况那些侵略者和财主比豺狼虎豹还凶恶呢，再多的医生也无法治得了天下的穷人。救人要救根本啊。”

“您说得对，中医讲究的就是要治本，不是治标。”李癸泉说。

“我说的‘根本’，不是中医说的那个标本的‘本’。我说的‘根本’是指人生存的根本。我们治理它，就要像治病救人那样，从根本上解决问题。那些官僚统治着国家，他们是为财主和资本家服务的。他们是财主和资本家的代表。他们把持着国家的权力，地主老财就能欺负我们穷人。我们种田，他们收租，穷人累死累活的，他们不劳而获。就像黄坡的农民那样，种点大蒜，烧点壳灰做肥料，也要交税，不交税，就打你，就抓去坐牢，你怎么治得了那么多穷人？”

黄学增喝了一口水，继续说：“我们穷人只有起来闹革命，彻底推翻这不合理的社会，让老百姓当家做主，不受压迫剥削，穷人才能过上好日子。这就像你医治毒疮那样，只有彻底把这毒疮挖掉，才能把病人治好，光是在表面上涂点药是不行的。”

李癸泉和他的兄弟似乎豁然开朗，明白了很多道理，也很信服黄学增讲的，不禁拍起掌来。

“您说得很对！但洋人有枪有炮，那些财主有打手，又有广州湾当局撑腰，动不动就抓你去坐牢，和他们斗，难啊。”李荣泰开口了。

“你像你兄弟把脉那样，对社会情况已把准了。把准了病，就好开药，对症下药就能治病救人。我们要跟洋人斗，跟官府财主斗，单枪匹马不行，就要团结起来拧成一股绳，才有力量。一根筷子，一拗就断，扎成一把，你就拗不断，道理就是这样。像黄坡那样，大家一齐起来，官府也不得不低头。”黄学增接着话题说。

大家静静地听着，没有声响，但是各人的心中，似乎刮起像屋外一样的风暴，心潮澎湃，颠覆了几十年的观念。大家交谈着，都没有睡意。屋外的台风吹了一宿，屋内的小煤油灯也彻夜通明。

天亮了，刮了一夜的台风停息了，天上的乌云也已无影无踪。

李癸泉兄弟们陪着黄学增四人走出家门，只见沙丘上满是树木的断枝败叶，不少树木被折断或连根拔起，可见昨夜台风之猛烈。他们跨过沙丘，站在海滩上，海面上风平浪静，一轮红日从海天之间喷薄而出，朝霞染红了海面，好一幅瑰丽的景象。

“乌云终究遮不住太阳，鉴江的浪潮始终奔向大海，谁也挡不住这潮流。”黄学增感慨地说。

“是呀，我们就顺着这潮流走吧。”李癸泉接着说。

在江海边走了一会儿，他们就回去吃早饭了。这早饭，就是一碗照得见人影的稀粥和一竹兜的番薯。李癸泉不好意思地说：“黄主任，陈书记，贵客到来，怠慢了。”黄学增说：“一家人不说两家话。打扰你们了。既然来到这，不如到周围看看，只是不知你家的米缸还有没有米啰。”说完，便笑起来。

李癸泉说：“主任见笑了。您的到来，是我们的福气啊！”

李癸泉和李荣泰陪着他们四人出门了。他们以县农协的身份，走访了南寨，在“广福堂”庙和老百姓举行座谈。中午，到了沙城，李癸泉的好同学陈庆桃热情地接待了他们，并由陈庆桃带着走访了一些村民，了解了村民的生活。下午，他们往回走，分别察看了姓冯、和平、埡田启和椰子木村。晚上，回到了李癸泉家。走了一天，黄学增、陈信材四人对附近村庄群众的生活情况有了比较深刻的了解，感受到了遭受双重压迫的南二百姓的苦难。

“想不到南二老百姓的生活这么苦啊！我们要好好发动他们起来闹翻身才行啊。”黄学增感叹地说。

夜里他们继续和李癸泉兄弟交谈，了解情况。然后休息。

第二天一早，吃完早饭，他们又出发了。

昨天看的村子都不大，今天，李癸泉带着黄学增几个去看看一些大村庄，以了解更多的情况。他想到了好朋友李瑞春，于是带着黄学增他们四个往大仁堂走去。

到了大仁堂，他们在村外的农田里找到了李瑞春。李瑞春是个结实的庄稼人，开朗，热情。大家帮他干完地里的活，就由他带着走家串户去访问。

每到一家，黄学增他们都详细地询问吃些什么，天冷了，有没有被子盖。访问过的家庭，几乎家家连番薯都吃不饱。小孩子几乎都没有衣服穿。天冷了，一家人挤在一起，盖的大多数是用麻袋包缝在一起的“被子”。情况和昨天访问的差不多。

中午，就在李瑞春家里煮了一锅番薯，剥着番薯皮，每人拿着半块菜头仔吃了午饭。歇了一会儿，又出发了。

通过上午到现在的接触，李瑞春对黄学增、陈信材他们的话感到很新鲜，就提出跟着他们走。于是七个人就往古老的大村庄乾塘村走去。

到乾塘村不能不看陈氏大宗祠，那里可供奉着高雷两府陈氏的始祖牌位啊。李癸泉向黄学增他们介绍说，乾塘村是南宋状元陈文龙的后代。陈氏一族，人才辈出，富有爱国的传统和反抗精神，出了不少历史名人。南二南三人民进行抗法斗争，那些带头的人就经常在这里商量抗法的事情。

王学增一边听一边认真地观看宗祠里的文物诗词。他说：“乾塘村很有历史底蕴，他们传统的反抗精神要好好继承和发扬。”

陈氏大宗祠那里，整天都聚集着很多人，不用找，在那里和大家谈谈，就能了解到很多情况。大家听说来的是县农会的人，感到很新鲜，就无所不谈。他们谈得最多的就是法国人统治压迫的问题，还有财主沉重的田租问题。

离开乾塘大宗祠，他们就要去看看三合窝。他们先到三合窝西边的一个小岛上。小岛靠三合窝前面是香火鼎盛的大浦天后宫，天后宫前不远，隔着密密葭丁树的就是三合窝。

三合窝名副其实，三江在这里汇合，波翻浪涌，江水打着一个个漩涡流出，然后和南三河汇合，流入南海。

李癸泉指着三合窝东边一座庙宇说："对面那个就是三合窝天后宫，再到淡水沟那里，还有个大窝天后宫。听说三个天后宫都建在同一条线上。老百姓对天后娘娘信仰得很啊，每年三月二十三娘娘诞期，可热闹了。"

黄学增心想，菩萨灵不灵不知道，但这些庙宇地处偏僻的海边，将来倒是可以利用起来开展革命工作。

他们走到三合窝圩。三合窝圩似乎变化不大，法国公局楼和兵营耸立在不多的低矮的民居中，显得高高在上，极不协调。公局门口明晃晃的刺刀，令人生畏。兵营围墙上的铁丝网，使人远而避之。兵营不远处的渔港，最醒目的就是那艘机船，没有哪一艘船敢接近它，也没有船想接近它，它孤零零地泊在岸边。一些本地和外地的渔船没精打采地停在岸边，不多的蛋家船不时有炊烟升起，偶尔还有小孩的叫声传来，才显出有点生气。

岸上就是三合窝圩了。说是圩，倒不如说是村子加些小摊档，主要是些鱼行，渔民打鱼回来了，就拿上来卖，渔船归航时，这里倒是有点热闹。李癸泉指着那些卖鱼的摊档笑着说：

“这里卖鱼向来不用秤来称啊，论箩卖，一小箩多少钱，买鱼的决不会亏，买一斤鱼会得到一斤多。”

“这里的渔民很善良啊。”陈信材说。

三合窝对面就是南三群岛了，望过去都是光秃秃的沙滩，老百姓住的都是茅草房，不少还是叉地寮呢，可见百姓之苦。南三河不宽，船一撑，就到了。另外，通过南三河，乘船可以直达广州湾的东营、西营和赤坎。

“对面北头寮村设有码头，每天都有船来往于南三和三合窝圩。南三的北头寮、莫村等村庄的人大多坐船来趁三合窝圩而不去田头圩。”李癸泉向黄学增他们介绍着。

三合窝显然是个交通要塞，它引起了黄学增和陈信材的兴趣和重视。

“那边不是还有一个天后宫吗？我们去看看。”黄学增说。

下午，他们来到了大窝天后宫。

大窝天后宫位于新川村边，属于下淡水沟的范围。淡水沟历史上指的是由若干个小村庄组成的村坊。因这里有一条宽约5米的水沟，由北往南流入三合窝海。水沟终年水盈，水清味淡，故当地人称之为“淡水沟”。这一带也因之而得名。人们约定俗成地以沟为界，沟南几个小村庄称为上淡水沟，包括姓梁、姓冯、姓杨、上高、那（nuo）洪、四宜、姓庞儿、五联、张余等村子；沟北的小村庄称为下淡水沟，包括姓何、新川、姓郑、梁圩等村庄。

大窝天后宫坐东北朝西南，前面是开阔的田野，紧靠庙的左边，是一列长长的沙丘，就像一堵保护村庄的屏障。沙丘上长满了杂树、簕芥和高高的仙人掌，斑鸠和一些海鸟在这里栖息。越过沙丘，海滩上疏疏地爬着鲎藤，盛放着淡紫色的花儿。沙丘外，就是浩瀚的南海，波翻浪涌，舟楫往来，是淡水沟一带村庄赖以生存的渔场。天后宫左墙边，高高竖起一支灯杆。夜晚，就升起风灯，给晚归的渔船和往来的船儿导航。天后宫有点残旧了，大门挂着一副作于清光绪十五年的长联，联曰：

神以见斯原，望烟波兮渺渺，数村落兮寥寥，任他海尽山穷，未必荒凉同绝塞；

人为从此盛，作舟楫兮纷纷，施而罛兮濊濊，到处渔歌牧唱，略加点缀地名区。

这对联告诉我们，天后宫有着不短的历史。残旧的面貌显示出它的沧桑。大浦、三合窝和大窝三个天后宫供奉的都是天后娘娘，百姓祈求她广施雨露，保境安民。这里设了一个庙祝公，庙祝公话不多，看得出他在尽心尽力地管理着神庙的事情。

黄学增看了大窝天后宫以及周围的环境后，说："这么多年来，娘娘好像保不了境，也安不了民啊。法国人来到了南二，尤坡雕这些地主老财剥削着老百姓，老百姓还是处于水深火热之中。但这是个好地方，地处偏僻的海边，舟楫来往方便，又不惹人注意，离三合窝圩又不远。最重要的这里是法租界的边缘地带，一条鉴江把华洋两界分开了，自晚清开始，政府就不管这边的事，这有利于我们开展革命斗争。"

黄学增一行的到来，注定着大窝天后宫将发生惊天动地的事变，淡水沟将不再冷淡，它将燃起熊熊的烈火，照亮南二大地。

察看完大窝天后宫及淡水沟一带后，一行人就返回太平村。

吃过晚饭后，他们继续在书房交谈。那盏煤油灯又亮了起来。

“黄主任、陈书记，我也要跟着你们闹革命，为劳苦大众谋幸福。”

李癸泉坐下来后激动地说。

“好呀！你们三个都是善良富有正义感的好青年，欢迎你们走上革命的道路，我们一起为劳苦大众翻身做主人去奋斗。”黄学增热情地说。

“淡水沟的地理位置很好，我们要充分利用大窝天后宫的有利条件，建立革命联络站，打通内地到法占广州湾的水上革命通道。目前，我们要以淡水沟为据点，点燃革命的火种，在南二开展农民运动，进行革命斗争。”黄学增接着说。

“好！”大家一致同意黄学增的意见，立即把南二联络站建立起来。

“我提议，由李癸泉、李荣泰和李瑞春负责联络站的工作，李癸泉任站长。”陈信材说。

“我补充一点，联络站成立后直属中共吴川支部领导。辛苦你们三位了。”黄学增对着李癸泉三人说。

“我们保证不辜负领导的重托，把联络站的工作搞好！”李癸泉站起来严肃地说。

又一个不眠之夜过去了。黄学增他们要离开了，昨夜成立的联络站开始执行第一个任务，送他们去广州湾赤坎。海天之间，朝霞满天，白帆点点。他们登上了小船，升起了风帆。风起了，鼓满了风帆，小船破浪前行。

灯光亮南二

夏天是火热的，万物显得欣欣向荣。

根据陈信材的指示，李子安又来了几次太平村。李癸泉、李荣泰和李瑞春越来越渴望加入共产党。李子安向党组织汇报了他们的情况和要求，上级决定同意接收他们入党。

1926年6月5日，陈信材和李子安又来到了太平村。

夜幕降临了，笼罩着四野，村子里静悄悄的，只有一些小虫在低吟着，天上闪烁的星光更显出四野无穷的黑暗。李瑞春从大仁堂赶到了。

李癸泉的书房里，亮起了一盏长灯筒的煤油大灯，房内显得特别明亮。书房的正面墙上挂上一面五角星加镰刀铁锤的红旗。桌子上摆放着三只碗，碗里倒着白酒。李癸泉抓来一只鸡，然后把鸡杀了，将鸡血酹在三个酒碗里。房子里很静，庄严的时刻开始了。经李子安介绍，陈信材代表党组织吸收李癸泉、李瑞春和李荣泰加入中国共产党。

李癸泉三人严肃地站起来，面向党旗，举起右手，紧握拳头，饮血酒，庄严宣誓："服从共产党命令，做好共产党员，实行革命，为人民……"低沉的声音和着不远处的南海涛声，在南二上空回响。煤油灯的灯光透过窗口，闪现在淡水沟。从此，广州湾东岸的东南面燃起了革命的星星之火，它必将形成燎原之势。

宣誓过后，他们坐下来。李癸泉三人以革命同志的身份第一次参加党的会议，心情非常激动。

陈信材传达黄学增同志的指示："发展革命和党员，成立革命兄弟会。"

陈信材说："同志们，你们加入了党组织，就要积极工作，不怕牺牲，尽快地让革命的火种在南二大地燃烧起来，把法国殖民者赶出去，将尤坡雕们全部推翻，让耕者有其田，吃饱睡暖，人民当家做主人。"

灯光映照着三个新党员，他们的脸上都显露着坚毅和勇敢。大家纷纷表示了自己的决心。

经过充分讨论，会议最后决定：一、深入各村，广泛发动群众，尽快成立党的外围组织革命兄弟会。二、在兄弟会的基础上发展新党员，壮大党的组织。三、成立农民协会和渔民协会，开展抗法抗租抗税斗争。

天亮了，东方霞光万丈。三位新党员将陈信材和李子安送到江海边，陈信材和李子安登上了小船，大家齐齐挥手告别。太阳升起来了，朝霞照在三位新党员的脸上，洋溢着蓬勃的朝气。

李癸泉出诊更勤奋了。每天还是背着那个布袋出去，但现在布袋里却多了几条煮熟了的番薯。过去是别人来请，或是上门来就诊，现在却是天天主动出诊，或是到需要换药复诊的病人家，或是到各个村子走走，看看有没有病人。到人家里一坐就是大半天。中午了，就掏出布袋里的番薯啃起来。

今天，他又背着布袋往南寨村走去。走到“广福堂”庙，就见到很多人在那聊天。

“细佬，又去哪里看病人呀？抽口烟才去啰。”南寨村也姓李，五叔见到了李癸泉，就亲热地叫起来。

“好咧。”李癸泉就走进去，蹲下来，接过五叔递过的水烟筒。五叔顺便递过一张小矮凳。李癸泉“咕噜咕噜”地抽起来，惬意地吐出长长的烟气。

“亚嫂那只脚好了吗？都不见你去取药呐。”李癸泉对旁边一个四十来岁的汉子说。

“还未好得彻底啊。朝捞晚米，晚捞朝柴。身无分文，你又不肯收钱，不好意思去取药啊。让她拖拖会好吧。”那汉子说。

“自家兄弟，什么钱不钱的。有病拖不得，影响生计。”李癸泉说着，就从布袋里拿出两副自制的膏药，递给汉子。

“兄弟，谢谢啊！都不知怎样感谢您！”

“兄弟帮兄弟，穷人帮穷人。这个社会，大家团结起来，互相帮助才行。你看人家黄坡那班人，团结起来跟官府斗，捐税都取消了。”李癸泉说起了那次黄坡游行示威的事，并补充说，后来，那两样税也取消了，黄坡农民取得了全部的胜利。

大家听得很认真。

“看来只有团结起来才有办法。下次尤坡雕来，有人领头，大家一起对付他，我看他也奈何不了我们。”五叔说。

“不如请癸泉兄弟带我们和那些财主斗斗。”那汉子说。

“大家信得过我，我愿意。”李癸泉说。“这个世界要改变了，穷人要翻身，只能靠自己。要斗赢红毛鬼，斗赢尤坡雕，就要大家一齐起来。更多的人起来了，就人多力量大，心齐泰山移。大家团结一条心，怕什么番鬼佬，财主佬。”李癸泉继续说。

“对！大家回去，就多和兄弟们说说，跟着癸泉细佬一起干。”五叔说。

于是，大家分头回去找兄弟了。李癸泉又向烟楼村走去。

烟楼村离南寨村不远，也在海边。烟楼村有个外号叫沙干滲的，也是背上长了个毒疮。听说李癸泉治这种毒疮很拿手，就去找李癸泉。几天了，好得也差不多了，李癸泉今天就顺道去给他再看看。

到了烟楼村沙干滲家，沙干滲刚耙田回来，脚还未洗，见到李癸泉来了，急忙拿来凳子让李癸泉坐，又递上水烟筒。

“那个毒疮好了吗？怎么就耙地去了？”李癸泉一边问，一边拉起沙干滲的衣服看。

“农事等不得啊。不过疮也差不多好了，你真是一位高手医生！多谢你啊！但还未找到钱，还欠着你的药费啊！”沙干滲不好意思地说。

“别说钱不钱的，隔离邻舍，你帮我，我帮你，是应该的。治好病才是目的，我师傅说的。”李癸泉说。

“这我知道。姓冯村四婶还经常唠叨起你的好处，说你比土地公还灵，治好她丈夫还不肯收钱，连水都不喝一口。你是做手艺的，不收钱怎么解决一家人的三餐呢？唉，日子本来就不好过，又长了‘手搭’这个毒疮，使得肩不能挑，活不能干。要知道，手停口停啊，不要说治病，几张口连稀粥也没得吃。好在您大恩大德，没给钱也帮我医治，真多谢你那！”沙干渗动情地说。

“牛耕田，马吃谷。穷人做生做死，财主不劳而获来收租，世道不公啊！”

“是啊，谁人都懂得，但没法啊。自古以来都是穷不和富斗，民不共官争。”

“这种观念不行啊。你不和他斗，他就压迫你。”

“但我们斗不过啊。”

“大家团结一条心，就斗得过。”

“也是。真的，都到这地步了，斗也是死，不斗也是死。有人领头，我都想跟他们斗一斗。”

“好！有机会我告诉你。你再拿一贴药贴贴，先把这毒疮彻底治好。”

说完，李癸泉把药给沙干渗，就起身往下一条村走去。

李癸泉每天早出晚归，奔走在南二的乡间小路上。一个个村子进进出出，一户户人家苦口婆心。他走遍了24个村庄，有些村子还反复地进进出出。加上李瑞春和哥哥荣泰的努力，终于联络了32个志同道合的人，在端午节前的一个晚上，汇集在李癸泉的书房，决定成立革命兄弟会。32个人把书房挤得满满的，大家七嘴八舌，很是热闹。经过一番讨论，大家一致推选李癸泉担任会长。大家要他领头跟番鬼佬斗，跟狗财主斗，争取过上吃饱穿暖的生活。一批青年，怀着朴素的愿望，在李癸泉的带领下，走上了革命斗争的道路。

李癸泉、李瑞春和李荣泰三位党员，又趁热打铁，加紧和兄弟会各个会员联系，认真地从中物色对象，发展他们加入共产党以壮大革命的队伍。上淡水沟姓冯村冯福元，姓梁村梁辑伍，姓钟村钟炳南，沙城村陈庆桃、陈文元，烟楼村张四、沙干渗，沙干咀村杨光南和坡头圩卢裕生都坚定地表示要跟着共产党闹革命，为老百姓谋幸福。李癸泉将这些人的情况报告了黄坡李子安，让他转告吴川支部。

同月23日，也就是农历五月十四上午，海潮虽未达到“大流大刮”的程度，但海水已淹没了沙滩，鉴江口的水位也涨起来了，利剑门已被淹没，江海相连，一片汪洋。这时，一艘快船，高挂风帆，破浪而来，很快就在太平村的沙丘下靠岸。来的是黄学增、陈信材、李子安和彭成贵，他们下了船，很快穿过丛林，来到李癸泉的家。李癸泉、李荣泰兄弟俩高兴地接待了几位领导。

黄学增还未坐下，就对李癸泉说：“快通知李瑞春同志来这里，我们研究一下党员的发展和组织建设问题。”李癸泉就叫哥哥李荣泰去大仁堂通知李瑞春。他忙着接待黄学增一行。

“黄主任你们来了！”一个钟头后，门外传来了李瑞春洪亮的声音，满是惊喜的感情。一跨进书房，他和黄学增的大手就紧紧地握在一起，满屋子充满着笑声。

“来来来，坐下喝口水，我们开个会。”黄学增说。

黄学增说：“我上次离开这里后，你们三个工作积极主动，做了很多工作，特别是癸泉同志，日夜奔波，成立了党的外围组织革命兄弟会，时间短，任务重，效果好，很了不起！革命的形势发展很快，我们要以只争朝夕的精神，加快组织建设，推动革命发展。今天我们到这里，就是想实际了解工作开展的情况，研究一下如何推动组织的发展。你们先汇报一下。”

李癸泉三人分别汇报了近段以来工作的情况，着重详细汇报了冯福元等九位发展对象的情况。黄学增、陈信材还一一询问了这九人的家庭情况、社会关系等。大家对这九个人的情况进行充分的讨论，最后一致同意吸收这九人加入中国共产党，并决定今天晚上就举行入党宣誓仪式。特殊的年代，办事的效率就是高。会后，李癸泉、李瑞春和李荣泰晚饭也顾不上吃，就分头去通知那九位新入党的人到来参加入党仪式。

入夜，太平村这天高皇帝远的临海小乡村，静悄悄地，不远处大海的涛声更显得特别雄浑。天空显得格外深邃，十四的月亮已经很圆了，就像一面镜子挂在天空的东面，星星都躲起来了。

冯福元、陈庆桃等前后脚赶到了太平村。一盏煤油灯的灯光从李癸泉书房的窗口闪出，显得十分耀眼。在黄学增、陈信材、李子安和彭成贵的主持下，冯福元等九个人面向党旗，庄严宣誓加入中国共产党。

庄严肃穆的气氛还洋溢在这小小的书房里，这新入党的同志个个都很激动，心情久久不能平静，他们正式参加党的会议。

在黄学增、陈信材的主持下，会议决定正式成立中共南二淡水沟小组。经过12位党员选举，决定由李癸泉任党小组组长，李瑞春任副组长。小组隶属中共吴川支部领导。

滚滚鉴江和滔滔南海的交汇处，碰撞出巨大的雪浪花，发出訇然的声响，传得很远很远。广州湾东南方终于诞生了中国共产党最基层的组织。

夜深了，沙丘丛林间的小鸟已全部归巢歇息，乡村万籁俱寂。李癸泉书房的灯光还亮着。在黄学增等领导的指导下，小组第一次研究了近期的工作。一是发动群众，积极配合上级党组织，支持省港大罢工。1925年6月，为了支援上海人民五卅反帝爱国运动，广州和香港爆发了宏大的省港大罢工，至今已坚持了一年多。二是尽快发动群众特别是渔民、农民兄弟，早日成立渔民协会和农民协会，开展抗法抗税斗争。三是积极发展党的组织，壮大革命的力量。四是继续做好交通联络站的工作，保证海上交通的畅通。

土医生李癸泉似乎脱胎换骨，俨然成了一位革命的战将，他带领同志们和广大群众，搅动了广州湾东南方一潭死水，让革命的风暴激荡在南二大地，一幕幕革命大剧开始上演了。

二战鉴江口

新的一天又开始了。他们送走了黄学增一行之后，马上分头到沿海各口岸发动群众，封锁猪、粮、油出口，禁止洋货入口。同时组织革命兄弟会会员，配合工人纠察队和黄坡预备队，日夜巡逻，以实际行动支持省港大罢工。

农历六月初三中午前，大海已经开始涨潮了，利剑门已全被淹没，李子安和两个农会会员满脸大汗，急匆匆地赶到太平村。

一进李癸泉的家门，李子安就说："一艘装着大米的船，顺鉴江而下，要往广州湾方向走，行踪非常可疑。黄坡工人纠察队正在追赶，你马上组织南二淡水沟联络站和革命兄弟会的同志，出动船只，积极配合，在沙角旋一带把它截住，不让它出海。”

听了李子安的话，李癸泉马上叫李荣泰带上几个兄弟会会员，拿上练功夫的长棍和刀叉，驾上两艘船，去拦截这艘米船。

李荣泰带上8个会功夫的兄弟会会员，直奔海边，解开缆绳，奋力撑篙摇橹，借海水上涌之势，朝沙角旋方向快速驶去。

第一次执行这样的任务，他们都很紧张，生怕截不住粮船。赶了一刻多钟，在沙角旋江口处，就看见不远处一艘吃水较深的船开来了，后面还跟着一艘船。前面一艘显然是李子安说的运粮船，后面的应该是工人纠察队的船，船轻而快。

李荣泰他们稍稍把心放下，因为没让粮船驶出海。他们马上抄起家伙，上去拦截运粮船。

“来船停下，接受检查！”李荣泰站在船头上向着来船大声吆喝着。这艘船可能知道后面有船追赶，就毫不理会，继续往前闯，企图尽快冲过阻拦，逃到海上去。运粮船顺着水势，把李荣泰两艘船撞得横向两边。这时，李荣泰他们从两边趁机靠近粮船，用装有铁钩的竹杆勾住运粮船的船舷，然后跃上粮船船面。船上的人马上站起来，想赶他们下去。李荣泰他们高举着长棍、刀叉，大喊：“别动！”船上人少，见状一下子愣在那里。

就是停顿那么一会儿，黄坡工人纠察队的船已经赶到，队员们纷纷跳上船，高声喝令船上的人停止反抗，抱头蹲下，同时把风帆降下，控制艄公。运粮船上的人惊呆了，面对这一群持有武器跃上船的人，他们原有的想反抗一下的心早已飞到爪哇国去了，只好乖乖地听从命令抱头蹲下，艄公则在纠察队的命令之下，调转船头。

李荣泰他们见顺利地截住了运粮船，完成了任务，就向黄坡工人纠察队挥挥手，跳下自己的船，准备返回。

粮船又升起了风帆，在工人纠察队的押送下，挂上船桨，用力摇着，急速往回开去。

粮船往回开去不远，这时，后面一艘船又从海上赶来了，船上站着几个士兵模样的人，在那里“停下！停下”地大喊大叫。

原来这是法国海关兵，他们是来接应这艘粮船的，可惜来迟了一步。粮船毫不理会他们的喊叫，扬帆而去。李荣泰则马上指挥两艘船的人，操起武器，做好迎敌的准备。

两艘船一字排开，堵住海关船的去路。海关船很快就冲过来了，船上的人喊着：“想造反吗？让开让开！该死的穷鬼！”

李荣泰他们也不回应，“噼噼啪啪”地乱棍打过去。事出突然，海关兵措手不及，只有躲避的份儿。加上海关兵人又少，周旋了一会儿，海关兵的船也过不去。眼看粮船也开远了，追赶不及，海关兵也就不再恋战，调转船头往回开。李荣泰他们也不追赶，任由海关兵逃去。

胜利地完成了拦截任务，初战告捷，李荣泰他们非常开心，驾着船儿往村子岸边开回去。他们一边划着船，一边唱着鬼仔戏（即吴川木偶戏）《金钿记·征番》里的选段：

> 威风凛凛登帅台，三军左右两边排。擂鼓声声天地动，旗开得胜，凯旋来。

黄坡工人纠察队安全地把粮船开回去。经了解，这船米正是想运到西营后，再交给其他船运到香港去的。因为此时，香港已成“臭港”，粮食物资相当缺乏。工人纠察队没收了这船大米，用来救济贫穷百姓，百姓欢欣鼓舞，一片叫好之声。这是后话。

首战告捷，大家自然是十分高兴。革命兄弟会和联络站的成员士气大振，船靠岸边，大家踏上海滩，还在有说有笑的。这也难怪，这是他们大姑娘坐轿——头一回打败官府，真解气啊。

李癸泉非常关心这头一回出征，早早就坐在沙丘上张望。见到他们回来，并且没人受伤，悬着的一颗心落了下来，就跑着来到海边迎接他们凯旋。

在兄弟们高兴了一会儿以后，李癸泉对他们说：“我们这是在太岁头上动了土。番鬼佬肯定不甘粮船被抢，一定会来这里撒野，我们要做好准备。”

一个会员说：“怕什么？来了照样用长棍侍候他们。”

李癸泉说：“打番鬼，有的是机会。现在敌强我弱，我们要避其锋芒，这不是怕他们。只有保存自己，才能更好地消灭敌人。”

“那怎么办？”大家说。

“现在就要退潮了，你们抓紧时间，趁着潮水，把船开过利剑门，到沙角旋那边去躲起来。等到番鬼兵来到的时候，海水就退到淡水沟下面了，利剑门的沙洲就露出来，即使还未全部露出水面，番鬼兵的船也开不过去了。另外，你们到了沙角旋那边，海边那一望密密的葭丁木也挡住了番鬼兵的视线，他们发现不了你们，你们可以在那边好好歇歇。等他们走了，你们再回来。”

大家点点头，觉得李癸泉讲得很有道理，于是午饭也来不及吃，就快速回到船上，挂上帆，向对面开去。李癸泉目送他们开过利剑门，往左转到沙角旋的海边，被葭丁林遮住了才放心回家。

回到家，李癸泉刚吃了两个番薯，海那边就传来“哒哒哒”的机船声。对面屋三婶就走来告诉李癸泉说：“癸泉，三合窝圩兵营那艘机船载着很多兵开过来了，个个都有枪，正在沙角旋和我们村子一带海面转着呢。”

“让他们转吧，没事的。”李癸泉镇定地说，继续吃着他的番薯。

差不多过了煮熟一大锅番薯的时间，十几个全副武装的蓝带兵就闯进李癸泉家。这时，李癸泉穿着一件白衫儿，正在鼓捣着药膏，屋子里散发着幽幽的药味。见蓝带兵闯进来了，李癸泉就不慌不忙地站起来，说：“各位长官是来看病的吗？”

“看什么病，抢粮船的人在哪？胆大包天！”一个头儿恶狠狠地说，并用手枪指了指李癸泉。

“什么抢粮船？在哪里抢谁的粮船？我一直在制作膏药，没出门，不知道。你们是不是弄错了？我们村子只有几户人家，哪有能力去抢粮船？如果不看病，那就出去吧。”李癸泉说完，又继续制作他的膏药。

番鬼兵看不出有什么可疑的地方，就出去到别家搜查了。村子小小的，自然他们什么也找不到，只是顺手把三婶养了几个月的猪顺走了。

一弯娥眉月早已挂在空中，星星也眨呀眨地出来了，“汩汩”的涨潮声响了。两艘小船从对面的葭丁林中划出，慢慢地荡过利剑门，靠在太平村外的岸边。李荣泰他们把船锚好，就穿过丛林，进到李癸泉的书房里。他们水都不喝，抓住番薯连皮都不剥就吃起来，他们实在太饿了，还是早上吃了点稀粥和番薯。

他们一边吃着番薯，一边议论着今天的事情，看得出，他们还在兴奋着。当听说蓝带兵开着机船带着枪来这里搜查，各人纷纷说，癸泉兄弟真像借东风的诸葛孔明，料事如神啊。我们在葭丁林那边睡了一大觉，辛苦蓝带兵了，让他们坐着机船在这边瞎打转。哈哈！哈哈！欢笑声在书房里回荡。

李癸泉接着话题说：“这次我们幸亏跑到利剑门那边躲起来，如果留在这边，蓝带兵来了，他们有枪，我们是打不过他们的。看来，我们还是要有枪才行。刀对刀，枪对枪，我们才能打赢番鬼佬。”

大家觉得李癸泉讲得有道理，就围绕着怎样弄枪的问题议论起来。有的说，有机会就抢敌人的。有的说，听说有枪卖，问题是怎样弄到钱。还有的说，要打进敌人内部，掌握枪支，为我所用。

李癸泉说：“这些都是好办法，都可以试试。总之，我们要想想办法弄些枪。”

大家越讲越兴奋，虽然今天大家都很累了。夜深了，大家就不回家，在书房里将就住一宿。

第二天，大家醒来得晚一点，正准备分头回家。这时，早已成为联络站队员的亚婆庙庙祝公跑到李癸泉家，说：“癸泉兄弟，尤坡雕那班狗腿子又来叔公家逼租了。”

“大家走！欺人太甚，这次要好好教训教训他们。”李癸泉听了庙祝公的话，就气愤地说。

于是，他们就朝着大窝亚婆庙跑去。

还是在原来的地方，一个打手正举着鞭子抽打着叔公。

李癸泉跑上来，一把抓住他的手，顺势夺过鞭子，说：“凭什么打人？还有王法吗？”

“不交租就要打人！尤老爷就是王法。怎么样？想翻天吗？”打手嚣张地和李癸泉抢着鞭子。李癸泉人高马大，又跟陈师傅学过几年功夫，打手哪抢得过来？就往腰间摸枪。李癸泉一见，马上抱住他，往地上一摔，就伸手抢他的枪。其他会员见状，不约而同地一拥而上，同时扑向另外两个打手，三下两下，就把他们控制住，缴了他们的枪。这些打手向来穷凶极恶，做王做霸，从来没人敢反抗他们，今天二话不说，就被人缴枪了，一下子也蒙了，脸上露出不可思议的神色。

“把收来的租粮留下来，饶你们一命。回去告诉尤坡雕，他胆敢再来南二收租粮，就叫他有来无回！”李癸泉朝打手踢了一脚，说，“滚蛋！”三个打手就抱头鼠窜了。围观的群众齐齐拍手大声叫好。

“谢谢癸泉兄弟！谢谢！又是你救了我。”叔公拉着李癸泉的手说。

李癸泉说：“尤坡雕也没什么可怕，只要我们团结起来，敢于和他们斗，他们就奈何不了我们。我们要像黄坡的农民兄弟那样，成立农民协会，维护我们的利益，反抗财主的压迫剥削。”

大家高声喊好，要求李癸泉领着他们和地主老财斗。

叔公更是握着拳头大声地说：“癸泉，我第一个报名！”

李癸泉说：“好！我们好好合计合计。以后再有今天这样的事情，就及时告诉我们，大家一起来对付他。”说完，他又查看了叔公的伤势，见是皮肤给鞭子打伤了，就吩咐叔公待会儿去他家要点药处理一下。然后，他就和几个队员带着刚缴获的三支驳壳枪走了。

路上，大家有说有笑，非常兴奋。李荣泰说：“昨夜刚说到枪，今天就有人送上门来了，老天有眼啊！看来有心要枪，机会还是会有的。”大家也跟着笑了。

李癸泉说：“看来，形势要求我们要加快农民协会建立的步伐了。大家回到村里，积极发动群众，时机成熟，我们就立刻成立农民协会，维护大家的利益。”

“好！”大家回应了一声，就各自分头走了。

李癸泉每天继续背着布袋，奔走在南二的乡间小路上。不过这段时间，他主要在淡水沟一带村庄走动，和老百姓商量着成立农协会的事。

七月七牛郎织女相会第二天就是立秋了，天气还是很炎热。不多的稻田早已插满了秧苗，水汪汪的田野中泛着淡绿。

今天一早，李癸泉戴着斗笠，背着布袋，又出门了。

还未走到张余村，党小组的张胜就赶来了。他说发现一艘船装着英国货，正往芷寮方向驶去。李癸泉马上派冯胜元快快到黄坡通知李子安进行截查，同时，让李荣泰带着几个人像上次那样，带上家伙开船配合。这一回还多了几把手枪，比上次更有底气了。

这一次，顺序倒过来了，他们在后面跟着，让黄坡工人纠察队在前面拦截。差不多到了芷寮，黄坡工人纠察队十几个人早早就站在船上，见到货船来了，就马上让船靠上去。货船见状，就调转船头想往回开。李荣泰他们把船一字摆开，把货船的去路堵住。

说时迟那时快，货船还来不及动，纠察队的船就贴了过来，队员纷纷跃上货船。李荣泰他们也及时将船靠过去，队员们也越过船去，手持刀棍、手枪，死死地对着货船上的人。押船的人吓得动也不敢动，乖乖地听从命令，听从检查。一查，果然全部都是英国货，纠察队就命令调转船头，把这船洋货拉到黄坡去。

李荣泰他们回到自己的船上，和纠察队挥手告别。

纠察队押着船，回到黄坡，把洋货搬到岸上，点上一把火，当众烧毁了。

南二淡水沟一带，就像一道闸门，截断了跟香港货物的来往，有力地支援了省港大罢工。

反法初告捷

成立农民协会的工作在紧锣密鼓地进行着。刚过完中元节，农历七月十五上午，在中共南二淡水沟小组的组织下，乾塘、青山、沙城、大仁堂等村庄150多名农民代表，向上淡水沟姓庞儿村走去，汇集在庞瑞球家，要开会正式成立淡水沟农民协会。

姓庞儿村早已人来人往，像过年一样热闹起来。村民在村子里敲锣打鼓，舞着雄狮，燃放爆仗，欢迎各村农民兄弟来参加农民协会成立大会。叔公也来了，他笑逐颜开，逢人就说："今后有农民协会作主，我再也不会挨尤坡雕的皮鞭了。"

在李癸泉等人的组织下，代表们对农民协会的领导人选进行充分的协商，一致推选梁辑伍为会长。梁辑伍是姓梁村人，有一定文化，为人善良，肯为大家做事，威望高，他当选会长，也是众望所归。

选举结果出来后，梁辑伍站起来，双手抱拳，频频向各位代表致意。他说："我们受洋人和本地财主欺压剥削久矣。协会成立以后，就要带领农民兄弟起来维护我们的利益。大家要团结一心，众人拧成一股绳，这样，才能跟洋人和财主斗，才能斗赢他们。"大家拍手叫好，鼓声大作，气氛一时高涨起来。李癸泉就坐在梁辑伍的旁边，脸上洋溢着喜悦。

农民协会成立以后，淡水沟一带村庄，再也不是一盘散沙，农民的事有人管了，甚至一些人家举办欢庆喜事，也找到农协会的头上，农民协会的威望自然高起来。

淡水沟农民协会成立，大大推动了南二农民运动的开展，沙城村、乾塘村、坡塘村、大仁堂村、沙环村和广文村也先后成立了本村的农民协会。一时间，南二大地，农民运动风起云涌，农民有了当家做主的感觉。

农民协会的成立，引起了法当局的注意，但是，在他们的眼里，淡水沟一带只不过是一些偏僻的乡村，那些"刁民"就是一群小蚯蚓，怎么弄也起不了多高的土，但是，"小疖"，也要注意一下。农协会成立十来天后，也就是农历八月初，法公局就派了一个小头目，带着几个蓝带兵到淡水沟查看情况。

他们从三合窝圩出发，大摇大摆地沿着淡水沟走来。法公局的人马一出门，联络站就把消息传到李癸泉处。

李癸泉马上找来梁辑伍商量，决定立刻派李瑞春带着张胜、冯亚寿等8个人在新川北如此这般。现在联络站已今非昔比，除了缴获尤坡雕三支手枪外，还购买了三支七九步枪，集中了几支鸟枪。然后李癸泉和梁辑伍就带着农协会几个人到新川北前面“迎候”法公局的人马。

来了，几个法国兵斜挎着长枪，像游山玩水那样走来了。李癸泉他们向法国兵走过去，挡在法国兵面前。法公局那个小头目趾高气扬地说：“走开走开！不要阻碍我们公干。”

李癸泉说：“你们去干什么？”

“听说你们成立了什么农协会，好大的胆子！我们要去淡水沟找你们的会长。”小头目说。

“我们会长去坡头圩了，不在家。请问，我们成立自己的农协会怎么啦？碍着你们啦？”李癸泉说。

“这里是法租界，成立农协会就是犯法。”小头目嚣张地说。

“放你妈的狗屁！我们成立我们的农协会关你们鸟事！”农协会的亚轩说。

“大胆！”小头目扬手就向亚轩打去。

亚轩抓住小头目的手进行回击，一巴掌打在小头目的脸上。小头目狂喊：“抓住他！抓住他！”那几个法国兵就冲上来抓人。梁辑伍和农协会的人也出手了。李癸泉急忙高声喊着：“法国人要抓人了，大家快跑！”说完，就带头沿着沙丘往回跑，其他人也挣脱法国兵跟着跑了。

小头目一挥手，喊道：“走！抓住那个刁民。”法国兵就疾步追来。

这时，早就埋伏在沙丘处的李瑞春瞄准一个法兵，喊一声：“打！”就开火了。随着枪响，一个蓝带兵倒下了。其他人跟着向法国兵开枪。几个法国兵马上散开，各找树头和沙堆作掩护进行抵抗。法国兵根本没想到会有人敢袭击他们，而且还有枪，心里非常慌张。他们一时还找不到开枪的人在哪里，只是胡乱地往枪响的方向射击。淡水沟联络站的兄弟士气高涨，人多枪多，那些鸟枪子弹散开的面积大，也发挥了很大的威力，一时把敌人火力压住。

但法国兵毕竟经过训练，利用树头沙堆，还能抵挡一阵。再打死一个法国兵之后，蹲在最前面沙丘的冯亚寿不幸中弹，向后倒了下来。

这时，李癸泉带着早就做好准备的兄弟会会员挥舞着棍棒刀叉，敲着锣，擂着鼓，高喊着："杀死番鬼佬！杀死番鬼佬！"杀声震天地支援来了。

法兵听到杀声四起，看到民众蜂拥而来，不知虚实，丢下两具尸体，就仓皇逃跑了。

李癸泉急忙上前抱住冯亚寿，进行救治。这时鲜血染红了冯亚寿的衣衫，他躺在李癸泉的怀里，低低地说："癸泉哥……我……我不行了，不能和你继续打番鬼佬了……"然后，头一偏，光荣地牺牲了。

"亚寿——"李癸泉发疯似的喊着。

这次战斗，缴获了两支三响勾枪，打死了两个法国兵，取得了胜利。

事后，他们在江海边的沙丘上掩埋了战友冯亚寿。不远处海水"汩汩"地响，好像呜咽着在送别这位南二最早牺牲的战士。李癸泉和他的战友们久久地站在冯亚寿的坟前。李癸泉擦了擦眼眶，从喉咙深处吐出一句："兄弟，你没完成的事，我们接着干！"

农民协会成立后，南二淡水沟党小组又把目光投向渔民兄弟，包括一海之隔的南三岛渔民，要尽快把渔民协会也建立起来。

李癸泉走动得更勤快了，时不时还叫哥哥荣泰撑着小船送他到南三岛去。南三岛的北头寮、莫村、塘启、大辣、黄村等渔村都留下了李癸泉的足迹。

法国兵遭到伏击，暂时不敢到淡水沟去。但法当局没有停止对百姓的压迫剥削。

中秋节过去，月亮渐渐暗淡了。广州湾法当局又发出告示，要在南二南三沿海一带地区征收船头税。告示规定，每艘船每月交税20银洋。这告示一贴上墙，就好像煮开了一大锅水，民怨沸腾了。因为法国广州湾当局在广州湾租界内已开征二十多种税项，老百姓早已不堪重负，现在又巧立名目，收什么船头税，老百姓还能活下去吗？

李癸泉召开党员会议研究当前的形势，大家一致认为，要主动作为，趁势成立渔民协会，组织群众起来跟法国人斗，维护渔民群众的利益。于是决定由李癸泉和陈庆桃去向吴川特支汇报请示，李瑞春到各个村庄串联有关人员，做好准备，等待上级的指示。

李癸泉两人到了黄坡，找到陈信材和李子安，汇报了法当局开征船头税老百姓十分不满的情况，以及南二淡水沟党小组开会的决定。

陈信材听了汇报，说："你们党小组的意见很好，应该抓住机会，把渔民组织起来进行斗争。我马上派县农民运动特派员吴运瑞同志带你们到高州去，向黄学增主任汇报请示。"

他们水也来不及喝，马上赶往高州。见到黄学增同志，他们自然是十分高兴。

黄学增同志热情地接待了李癸泉三人，他大力肯定了淡水沟党小组的及时反映，对他们的工作表示积极的支持。他说：

“南路特委支持你们。你们党小组要抓住时机，因势利导，加紧发动渔民群众，成立渔民协会，开展抗法斗争。”他还对一些具体问题提出了意见。

李癸泉两人得到领导的指示，歇也不歇，急急忙忙赶回来。回来后，就马不停蹄地带领党小组，不分日夜地分头到南二南三各村庄发动群众，筹备成立渔民协会，争取尽快树起旗帜，跟法当局展开斗争。

农历十月二十四一早，200多人作为渔民代表，从南二南三各村庄拥到了淡水沟新川大窝天后宫。他们要在这里开会成立渔民协会，反对法当局的苛捐杂税，维护自己的利益。

见到开会的人差不多到齐了，李癸泉就站起来，大声地对大家说：

各位兄弟姐妹：

法国人倚仗船坚炮利，不顾国际道义，从万里之外，闯到我大中国，强行在我南三都广洲湾村坊登陆，不顾武秀才陈跃龙、文秀才陈竹轩为首的南三兄弟抗议反对，在红坎岭建立南营。后又得寸进尺，侵占麻斜建东营，强占南二坡头，攻打海头汛，占领赤坎，还到南二三合窝建公局和兵营。法国鬼对我人民进行殖民统治和残酷剥削，苛捐杂税，多如牛毛，真是蚊蝇飞过都要掐条脚。现在又把黑手伸向朝捞晚米、晚捞朝柴的渔民，每条船每月收税20银元，我们还有路可走吗？有的只是死路一条。今天请大家来这里，就是共同商量，自己给自己找一条生路。这条路就是要团结起来，成立渔民协会，齐心协力，拧成一股绳，和法国鬼斗，来维护我们的利益。大家意见如何?

李癸泉话音刚落，大家就大声叫“好”，个个摩拳擦掌，恨不得马上就去和法国鬼斗一场。大窝天后宫里里外外，一时群情激奋，义愤填膺。

见大家一致同意他的意见，李癸泉就按照原定的议程，组织选举渔民协会的领导人。

李癸泉在南二早已为大家所熟识，在南三，特别是在沿海村庄，很多渔民也得到他的治疗，他在广大渔民中口碑很好。于是，大家一致推选他担任会长，推选李瑞春、陈庆桃担任副会长。

接着，大家商量怎么做。首当其冲的就是如何对付法当局的船头税。大家决定，事不宜迟，趁大家都在这里，马上一起去三合窝法公局示威请愿，坚决要求取消船头税。

陈庆桃马上到村民家要来一条土布条，找来墨汁，挥笔写上“取消船头税，渔民要生路”几个大字，再找来两支竹竿，把布条两端绑在竹竿上。然后又要来一张水纸，写道：

请愿信

公局长大人台鉴：

自古以来，渔民无地，耕海为生。海有鱼虾，家无宿粮。艰难度日，已够凄凉。苛捐杂税，令民大伤。今增船税，丧尽天良。官逼民反，古来有样。走投无路，只能游行。取消船税，不可商量。莫谓语焉不详也！

南二淡水沟渔民协会

×年×月×日

写完之后，陈庆桃拿起来大声地读给大家听。大家听了拍手叫好。李癸泉说：“老同学，好文才！说出了大家的心声。”

都准备好了，大家就集中出发，周围几个村子的老百姓也主动加入，整个队伍有近400人。队伍浩浩荡荡地沿着淡水沟向三合窝公局出发了，人们一路高喊着口号：“取消船头税，渔民要生路！”气氛越来越热烈。这是千百年来南二大地上从来没出现过的大事，它像一声春雷，唤醒了沉睡的土地。

游行队伍的出现，引来了沿途村庄百姓在两边围观。大家被番鬼佬统治压迫得太久太苦了，也纷纷加入到示威请愿的队伍中来，就像滚雪球一样，人越来越多，队伍越来越长，虽然很多人是农民，而不是渔民。

示威队伍还未到三合窝，三合窝公局就知道了。公局长黄祥南搓着手，坐立不安，来回踱步。副公局长沙仁虎则暴跳如雷，说：“大胆刁民，想造反呀！”还对黄祥南吼着：“快到兵营调兵，来了就开枪！枪毙他们。”

黄祥南说：“慢着，等他们来了，看看情况如何再说。”

沙仁虎气冲冲地跑到公局大门口。这时，请愿的队伍就要到了，沙仁虎迫不及待地迎了上去，双手叉着腰，大声喝道：“想造反啊你们，滚回去！”人群中就有人喊道：“这个‘杀人虎’不是个好东西，打死他！”

大家闻声，就举起拳头向沙仁虎冲过去。沙仁虎见势不妙，马上夹着尾巴逃进公局楼，把门关起来。

请愿示威的人群这时把公局楼团团围住，愤怒的渔民一阵接一阵地高呼："取消船头税，渔民要生路！取消船头税，渔民要生路……"

这时，公局长黄祥南战战兢兢地开门出来了，说："各位……各位……"

大家继续喊着口号，不听黄祥南讲话，弄得黄祥南很尴尬。

这时，李癸泉就对着这几百号人做出一个下压的手势，人群马上静了下来。李癸泉说："黄公局长，广州湾法国当局发出公告，要收船头税，大家被逼得走投无路，所以，今天就来请愿了。大家坚决要求取消船头税，给渔民一条生路。对此，你有什么话说？"

黄祥南壮了壮胆，说："自古以来，国有国法，邦有邦规，哪朝哪代不收税的？"

"你讲错了！"李癸泉说："你们收得还少吗？百姓拿二两虾蠓上圩卖，要收税；挖几粒螺儿拿去圩换二两米救命也要收税。千税万税，还有什么不要税？你们想过老百姓能活下去吗？你有没有穷亲戚？收这么多的税，他们还能顶得住吗？现在又想着法子收船头税，这是巧立名目，鱼肉百姓，目的是想肥了自己的腰包。你还好意思冠冕堂皇地说'法'说'规'？"

"这……这……"面对着李癸泉的义正词严，黄祥南头上冒着汗，说不出话来。

陈庆桃说："黄公局长，你也是土生土长的本地人，老百姓的生活你也多多少少知道。你为官一任，不造福一方，起码也不要贻害一方。这是我们的请愿信，请转告你们的上司。不取消船头税，我们誓不罢休。"说着，就把请愿书递给黄祥南。

黄祥南弯着腰，恭恭敬敬地接过请愿信，说：“鄙人一定将请愿信转……转达上峰，给大家一个答……答复。请大家先回去。”

“我们等着你们答复。不答复，我们就不回去。不取消船头税，我们决不罢休！”李瑞春说。

接着，请愿队伍又喊起了口号，声浪一浪高过一浪。

黄祥南返回公局楼，和沙仁虎商量着对策，沙仁虎还是嚷着要兵营派兵来镇压，要不就不要理睬示威人群，让他们吵一阵，饿了就散了。

这个黄祥南是本地人，读过书，有文化，在当地有点影响，被法国人选中，当上了公局长。他为人不是那种心狠手辣的人，虽当上了公局长，也为法当局做过不少事，但良心还未泯灭。今天他被渔民示威的气势镇住了。他看看外面，示威的渔民围着公局楼还没有撤退的迹象，三合窝圩和附近村庄的百姓到这里围观的人越来越多，口号声接连不断，越喊越响亮。还有人给示威的人送来水和煮熟的番薯，壁屋村“豆腐五爹”符振勋还挑来一担豆腐花来慰劳参加示威的人。公局的人也出不去，黄祥南像热锅上的蚂蚁，走来走去。

傍晚的时候，公局伙夫挑着水桶出来，想去挑水做晚饭。但示威群众把公局围得严严实实的，伙夫出不去，只好空着桶回去，饭也煮不成了，公局里的人只能饿肚子。这种情况他们从来没遇到过，公局里面就像被热水浇过的蚂蚁窝，乱哄哄的。沙仁虎此时也没有了刚才嚣张的气焰，像个泄了气的皮球一声不吭地坐在那里。

天黑了，示威的人群一点散去的意思也没有，公局周围示威的人点起一堆堆的火，一担担煮熟了的番薯陆续挑到现场。晚饭后，周围歇了工的村民都拥到公局这里来，帮着喊口号，示威的声势更大了。

跳跃的火光在漆黑的夜晚显得特别耀眼，星星一闪一闪地布满了整个天空，似乎在呼应着南二示威的人群。

第二天一早，黄祥南无可奈何，只好和兵营联系，叫公局文书带上请愿书坐兵营机船赶往西营法国公署馆，临走前，还附着文书的耳朵吩咐将昨天的情况向公使署如实报告。楼上的沙仁虎则牢牢地将李癸泉等几位渔民协会的领头人认清楚，准备秋后算账。

中午时分，机船回来了，还带回公署馆一个头儿。这头儿一来，不进门，就站在公局大门的台阶上，趾高气扬地说："加收船头税，是为了更好地进行地方建设，这是有利于民众的事。你们这些小民不明事理，到此惹是生非，大法国广州湾公使署不会答应你们的要求！你们快快散去，否则，按法处置！"

这个小头目的威胁就像给火堆浇上了一桶油，示威人群心头的火更大了。他的话音还未落，几个砖头就朝着他扔过去了。他急忙用手护着头，狼狈地躲进公局楼，不敢出来。这时"取消船头税，渔民要生路"的口号声更响了，还不时传来玻璃窗被砸破的声音。

黄祥南不得不再次出来，低着头，拱着手，说："大家息怒，息怒。我们再次去请示公使署，争取给大家一个满意的答复。"说完，就转身进去。

不一会儿，那个小头目和文书出来了，迎接他们的是更响亮的口号声和"滚蛋"声。小头目怕再遭到砖头的袭击，双手抱着头，弯着腰跑着离开公局，不小心，踢到一块石头，摔了个狗吃屎，惹来大家一阵哄笑。

示威的群众还抱来一批标语，标语上分别写着“坚决取消船头税！不取消船头税决不罢休！渔民要活路！番鬼佬滚出去”等内容。群众把标语贴在公局大门、四周的墙壁上。

下午三四点钟，机船又回来了。文书带回了消息：船头税暂时取消，明天正副公局长到公署馆向上司汇报。

接到公使署这个决定，黄祥南急忙出门将消息告诉示威者。示威人群马上欢呼起来，把黄祥南晾在一边。达到了目的，于是李癸泉他们带领大家回家了。

一路上，大家那个高兴劲就别说了，因为他们也像吴川农民兄弟那样，第一次民斗赢了官。回到村里，大家还敲锣打鼓的，放爆仗庆祝，比过大年还热闹。因为他们祖祖辈辈从来没有这样扬眉吐气过。

李癸泉也和大家一样高兴，他们也像黄坡的农民兄弟一样斗赢了官，更斗赢了番鬼佬。这是抗法斗争初战告捷，大家高兴高兴也是情理之中的事情。但他的头脑是清醒的，知道敌人是决不会善罢甘休的。这次的胜利，只是一个很小的胜利，更激烈的斗争还在后头。

农民协会和渔民协会成立后，反船头税的斗争又取得了胜利，大大鼓舞了群众的信心，革命形势一片大好。

为了更好地配合农民协会和渔民协会的斗争，李癸泉带领党小组，组织淡水沟农民于农历十一月初四成立农民自卫队，李荣泰任队长，李瑞春任副队长，陈超元任班长，队员有28人，其中共产党员有8名。自卫队为了更好地监视敌人的动向，在淡水沟埠头和大窝天后宫设了两个哨所。天后宫这个哨所充分利用天后宫左边墙边那盏高高的风灯，及时报告发现的情况，这个工作，由联络站成员庙祝公负责。

为了打通海上安全通道，李癸泉加强了三合窝南二交通联络站的工作，兼任站长，组建渡海交通队，配有专用船只，渡运往来于梅菉、黄坡、南二、南三以及广州湾西营和赤坎的革命人士。有了渔民协会和农民自卫队的武装配合，共产党人从内地到广州湾就畅通无阻了。

地处偏远的南二一带，一时风起云涌，革命力量迅速壮大。

发展与壮大

革命运动的蓬勃兴起，引起了法公局的注意，他们开始关注过去默默无闻的偏僻小乡村。同时，中共吴川党组织也十分重视南二的革命形势，对李癸泉领导的党小组工作十分满意，决定加强领导，进一步推动南二革命走向高潮。

农历是月下旬，根据形势的发展和革命力量的迅速增长，黄学增审时度势，派陈信材又到淡水沟，指导成立中共南二淡水沟支部。

虽说南国不像北疆那样，雪花飘飘，冰封万里，但冬至时节，也是山寒水瘦，寒风刺骨。

冬至日，虽细雨霏霏，但路上行人明显比平日多了，趁圩的，跑亲戚的，人来人往，络绎不绝，渲染着节日气氛。

鉴江口的水面腾起丝丝水汽，水位明显低了，一艘小船从沙角旋向南二太平村悠悠摇来。一个农民打扮的人坐在船上，手上提着一个篮子，篮子里装着猪肉什么的，他应该是来“吃冬”的。

俗话说“冬至大过年”。但不是所有的村子都“做冬”，所谓“做冬”，就是过冬至节。所以没“做冬”的人，常常被邀去“做冬”的村庄“吃冬”，也就是到“做冬”的村庄某一家做客吃饭。如果亲戚不来吃冬，做冬的人家就要多做一份菜，加上几碗白米饭，送到亲戚家去，这叫作“担冬”。

船靠岸了，那个人就跳下船，走了上来。这个人就是中共吴川特支书记陈信材，今天他不仅来“吃冬”，还肩负重任，指导建立中共南二淡水沟支部。他健步走过沙丘，越过树丛，来到了李癸泉家。

一进家门，陈信材就看见李癸泉一家子在忙碌着，院子里洋溢着节日的气氛。

“大家好！我来吃冬啦。”陈信材大声地打着招呼。

“伯伯好！”小衍章跑过来，接过陈信材手中的篮子。

“衍章真乖！”陈信材边说边捋起袖子准备帮忙。

李癸泉知道陈信材到这里，必有重大的事情，就连忙推着他说：“贵客临门，怎能让您动手呢？快请坐。”说着就拉着陈信材到书房里。

刚坐下，陈信材就向李癸泉传达黄学增同志的指示，根据形势的发展，要抓紧时机成立南二淡水沟党支部。

听到这个消息，李癸泉非常激动，他握着陈信材的手，说：“太好了！谢谢上级对我们工作的支持！”说完，两人就商量着成立党支部的细节来。

穷人家过节，丰富不到哪里去。拜过神灵祖宗之后，就可以吃饭了。陈信材和李癸泉一家子，坐在一张长方形的桌子两边共同“吃冬”。小衍章也会向客人夹菜了，气氛非常融洽。

吃过饭后，李癸泉和李荣泰分头去通知党小组其他成员，晚上集中在李癸泉书房开会。

入夜了，冬至的晚上连星星也没有一颗，小乡村静悄悄的，连鸣虫的声音也没有。寒风刺骨，人们哈出的气成为一缕白烟，人们基本不出家门，早早就休息了。

李癸泉书房里那盏长筒大煤油灯又亮起了，十二位共产党员无一缺席全部到了书房。

会议正式开始了，陈信材首先代表特支充分肯定了党小组成立以来的工作，然后传达黄学增同志关于成立南二淡水沟党支部的指示。陈信材说：“形势发展很快，革命力量迅速壮大，我们要跟上形势的发展。成立南二淡水沟党支部，这是形势发展的需要。支部成立了，能更有力地领导群众起来革命，迎接革命高潮的到来。”

最后，在陈信材的指导下，中共南二淡水沟支部成立。经过选举，李癸泉任书记，副书记是李瑞春。新成立的南二淡水沟党支部，隶属于中共吴川县特支领导。

支部成立了，责任也就更大了，大家仍抑制不住兴奋的心情，纷纷表示要更加努力工作。根据黄学增的指示，会议又研究了今后的工作。决定：

一、继续进行组织建设，壮大党的力量；

二、开展减租减息斗争；

三、开展统一战线工作，化消极因素为积极力量。

天亮了，陈信材离开了太平村，联络站用小船将他送过沙角旋。

党支部马上开始工作。根据会议的决定，首先进行组织发展。根据近段时间以来积极分子的表现，党支部先后吸收沙干咀村麦畔莲、埏田启村林国藩、沙城村谢玉祥等人入党。夜晚，李癸泉书房的那盏长筒煤油灯不时闪亮着灯光。

党支部各成员分头行动，除了在淡水沟、乾塘一带之外，还深入到南三、坡头一带的村庄，积极发动群众参加反抗法租界当局苛捐杂税的斗争，组织学生宣传队宣传反封建和男女平等的道理，从中培养发展党员。

淡水沟射雕

南二淡水沟党支部发展新党员的工作进展很快，党员已有五十多人。为了更方便开展工作，党支部又下设烟楼小组，沙干渗任组长；青山西小组，陈庆桃任组长；东村大仁堂小组，李瑞春任组长；坡塘小组，董鸿元任组长；坡头小组，卢裕生任组长；南三田头小组，陈新伍任组长。南二淡水沟党支部，在上级党组织的领导下，利用广州湾法租界的特殊环境，发动群众，在南二南三沿海地区掀起了轰轰烈烈的农民革命运动。

十月里，稻田里的稻子全部收割完，连稻草也被晒干叠到屋子里或空地上。不久，冬天也到了。

李癸泉指示各小组，通过农协会把农民组织起来，开展减租减息运动。他们首先将目标对准地主尤坡雕、陈运才。

尤坡雕和陈运才的手下还在各乡村收租。李癸泉和梁辑伍就派人下乡，以农协会的名义对那些来收租的宣布减租减息的决定，把他们收到的租粮没收，当场将一部分分给贫苦农民群众，一部分则用作革命经费。

那些来收租粮的人空着手跑回去，将情况告知尤坡雕。尤坡雕听了，暴跳如雷，拍着桌子吼道："反了反了，无法无天了，李闯王来了吗？我就不信几个虾蠓翻得起大浪！减什么租，减什么息！一厘不减。走，请公局出兵，我要亲自到南二收租，一粒也要收回来。"尤坡雕带着25个公局兵和一帮打手气势汹汹地到南二去。

情况已被联络站获悉，李癸泉就布置李荣泰、陈超元带领自卫队在淡水沟埋伏，等待尤坡雕到来。

中午过后，尤坡雕收租的队伍往淡水沟来了，有的推着装有粮食的独轮车，有的挑着粮食。埋伏在沙丘后面的自卫队员，拿枪的，瞄准着公局兵；拿刀棍的，则紧紧抓住武器，等待命令出击。

收租的队伍来了，可能一上午没受到什么反抗吧，他们"吱吱咋咋"地推着车子，散漫地走着，有的还敞开衣襟，擦着汗。只听李荣泰一声令下"打"，长枪短枪鸟枪，就一齐向尤坡雕的队伍射击。其他人就敲锣打鼓助威，高喊着："活捉尤坡雕！"当场就有两个法国兵被打伤。法国兵毕竟是经过训练的，呆了一下，马上四散找掩体射击顽抗，战斗激烈起来。淡水沟一带，瞬间像点着了鞭炮，"啪啪"作响。尤坡雕平时威风十足，被他骂的人，连吭一声也不敢，更别说遇到过今天这种情况了。他被吓坏了，在法国兵的保护下跌跌撞撞地躲在独轮粮车后面，喊：“给我打！给我打！”。一时间枪声大作，双方交火更猛烈了。

眼见法国兵在顽抗，李荣泰见到对面一个人躲在粮车后面在疯喊，就知道是个头儿，很可能就是尤坡雕。他心里想：射人先射马，擒贼先擒王！于是举起驳壳枪，寻找着尤坡雕。尤坡雕借着粮车掩护，枪口很难捕捉到目标。尤坡雕还在疯狂地喊着，叫着。这时，他激动起来，还挥舞着手臂在喊。李荣泰抓住这一瞬间的机会，扣动了扳机，“啪”的一声。

“哎呀！”尤坡雕捂住手臂，倒在地上。法国兵的头目见尤坡雕受伤了，就叫尤坡雕两个手下，搀着尤坡雕和两个伤兵先撤退。剩下的法国兵抵挡一阵后，见尤坡雕逃了，也无心恋战，扔下粮食就慌忙逃跑了。

自卫队追了一阵，就回来扛粮食，数一数，有五十担。自卫队员和民众欢天喜地地推着装着粮食的独轮车，挑着粮担，回到大窝天后宫。天后宫前，就像过节一般热闹。两次被尤坡雕手下毒打的叔公，更是围着谷担不停地转，逢人就说：“好啊！好啊！尤坡雕也有今日！”

此后，尤坡雕他们很久都不敢来南二收租了。

大环岭打虎

离春节没多少天了。今天一早，李癸泉拿着两个刚煮熟的番薯就出门了。他今天要去坡头圩，和卢裕生一起找几个积极分子见见面，发动发动。他走着走着，总觉得后面吊着一只尾巴。他走到米稔江边，渡船已开出了，他只好坐在岸边一块石头上等渡。不久，那个副公局长沙仁虎也来到了江边。他假装偶然看到李癸泉，阴阳怪气地说："你不简单啊，又做医生又干渔协，整天东奔西跑，很忙啊。"

"我们平头百姓，为求三餐不跑不行啊。哪像你们当官的，吃香的喝辣的，还不用干活。"李癸泉不软不硬地顶了一句。

"哼，到处走动，小心撞到石头啊！"沙仁虎话里有话说。

“不用你操心了。”李癸泉回了一句。

说话间，渡船又回来了。上船，下船，人们继续往前赶。

“李医生到哪？我们做个伴。”沙仁虎说。

“大路朝天，随你的便。”李癸泉不停步地说。

一路无话，沙仁虎一直跟着。李癸泉知道，他就是刚才的尾巴，今天，自己给盯上了。李癸泉不露声色，不紧不慢地走着。

到了坡头圩，李癸泉就往正街走去，卢裕生药铺就在正街尽头处。走到卢裕生的药铺门口，他就抬脚进去，沙仁虎望了望药铺，就走进对面的糖水铺，坐下来喝糖水。李癸泉看到了，只微微笑了笑。

“卢老板，你好！那次叫你找的几味药找到了吗？今天还要捡几味，看看方子，药齐吗？”李癸泉说。

“李医生来了，请坐请坐。找到了，找到了。今天要什么药？把单子给我看看。”卢裕生说。

“那麻烦你把药包好给我。这是今天的单子，你看看。”

“好的好的。”

卢裕生接过单子，低着头看了看，说：“其他都有，就是炮山甲这一味刚刚卖完。迟两天就有货了。”

“那好，迟两天我再来。上次你不是说有几个人要找我看病吗？去叫他们来吧。”李癸泉说着，就眨眨眼，在胸前指指后面，“狗。”

卢裕生看看对面，就说：“好的。”然后叫药铺伙计去叫人。

“他们很穷啊，可能没钱看病。”卢裕生说。

“没事，先看看病吧。这年头，我知道的。先把病治好，钱的事再说。”李癸泉说完，就坐在柜台前。

不久，伙计就领着两个人进来，说：“回老板，还有两个有点事，等一下再来。”这两个人中一个年纪大点的接着说：“李医生来了，麻烦您给我俩看看伤。”

卢裕生就说：“不好意思，李医生。小店狭窄，请到里面吃饭的地方给他们慢慢看吧。”说完，伸出手指指里面。

“卢老板，不好意思，影响你做生意了。”说完，就和两人进去看病。

半个钟头过去了，这两个人看完病，拿了点药，就离开了。

接着，又有两个人进来，说：“李先生，不好意思，让您久等了。我暂时没钱，能不能给我看看伤？”

李癸泉说：“没事没事，治伤要紧，先不要说钱。”接着，继续给这两人看病。也差不多半个钟头，就看完了。两个人捡了药，谢谢李癸泉就走了。

卢裕生给他端来半碗开水，说：“李医生还要到其他地方去吗？要不吃完饭再走？”

“谢谢老板！没什么其他的事，我要回去了。家里还有人等着我看病嘞。”李癸泉说完，拿起药就准备离开，“老板，那炮山甲迟两天我再来拿。你帮我准备好，免得我空跑一趟。”大声说完，就出门了。

“好嘞。我会准备好，不会耽误你的。好走，不送了。”卢裕生朝门外拱拱手。

李癸泉什么地方也没去，直接往回赶。糖水铺里的沙仁虎，一会儿也出来了。往两边看看，也往回走了。

李癸泉还是像原来的样子，不紧不慢地走着。过了蒲埇村的番薯地，不久就到了五角圩，遇到一个熟人，李癸泉停下来说几句话，顺便瞟一下后面，见沙仁虎跟上来了，李癸泉便跟那人拱拱手，又赶路了。

过了五角圩，不远处就是大环岭。大环岭很大，有好几里宽，其间没有人家，只有山猫大蛇出没。满岭都是原始森林，不时传来猫头鹰、鹧鸪和其他一些大鸟的叫声，显得阴森可怕。一条弯弯的小路从中穿过，是南二这片人从这去趁坡头圩来来往往走出来的。平时来往的人不多，只有一、四、七逢圩日来往的人才会多些，有挑东西到坡头圩卖的，也有到坡头圩买东西的。俗话说："世界都是坡头圩大。"要买个山货苏杭什么的，就一定要到坡头圩。现在，年关到了，来往的人比平日要多了。大环岭脚下就是米稔江。米稔江其实就是鉴江的支流，南北走向，横穿南二大地，在南面与梅魁江、乾塘江汇合，形成三合窝，和南三水道一起流入南海。这时，进入大环岭，"咕咕——咕咕——"一声声长长的斑鸠声从两旁的林子里传来，李癸泉就加快步伐，往渡口走去。

远远跟在后面的沙仁虎还是不急不忙地走着。一会儿，到了拐弯的地方，沙仁虎往前望了望，不见了李癸泉，正想加快步伐追上去。突然，从树丛中钻出两个汉子，一高一壮，戴着黑帽子，蒙着脸，束着股腰带，举起棍棒就打。沙仁虎猝不及防，跌倒在地上，嘴还未张开，脸就被一个人踩着。另一个人举起棍子就砸腿，说："挨年近晚，向你借些钱过年。"说着，就摘下他身上的左轮手枪，然后掏他的口袋，把所有的钱银都拿走。这时，两人正想把沙仁虎抬起来送到米稔江喂鱼，却听到前方传来说话的声音，就一棍朝脑袋上敲，敲晕了沙仁虎，然后消失在密林里。

再说，李癸泉到了江边，就不急不忙地向早已停在江边的渡船走去。上了船，摇摇橹，不多久就过了米稔江。回到家后，又忙他的活儿了。至于沙仁虎，多久才醒来，怎样回到三合窝公局，就不得而知了。总之，从这天以后，好长好长时间没见到他再去坡头圩喝糖水了。

伏击法国兵

1927年岁序丁卯，立春早，二月就是清明，田里的秧苗刚刚开始转青。这个时候，三合窝法公局要选议员了。

法国为了推行其殖民统治政策，以西营为首府，把租界划分为四大行政区进行管理，原吴川部分被划为坡头区，由法国当局派员当头人。区下面设立公局，由地方人士当公局长。公局下面还设最基层的政权——行政村长。每个村还配议员。这些议员不是社会议员，实际是法当局的催税人，他们的任务就是替法当局催收税款，传达命令，排解地方纠纷。三四百人以上的村庄就有三至五个议员，每个议员发一个“议员牌”，这个牌子就是议员的证件。每十个议员，法当局就指定一个“议员长”。

这些议员虽没有实职，也没有薪俸，但可以接触法公局的人，做些工作。现在要选议员，共产党员和进步人士当然也要参加竞选，因为这是个机会。李癸泉就安排陈庆桃、冯福元、王永忠、梁德富、林兴有、李才发和庞玉瑞等设法争取担任各村的议员。这些人在各村都有比较高的威信，群众认可度高，他们出来表表态，要参加选议员，事情进展就很顺利，都成了各村的议员。李癸泉私下里吩咐他们，要充分利用合法的身份，搜集法当局军警活动情报报告给党支部。另外，特别交代陈庆桃主动接近公局长黄祥南，做他的思想工作，向他讲清民族大义，使其逐步转变思想，支持革命。

陈庆桃接受任务后，就有意无意地接近黄祥南，向他反映民情乡情，有时还邀他到三合窝圩小酌两杯，到渔港买些鲜鱼。陈庆桃是个读书人，口才又好，有时来两句“之乎者也”也对黄祥南的口味，两人就走得近了。陈庆桃有时还给黄祥南带来些抗法的资料和进步的书籍。黄祥南说：“十多年前，读到《大清广东高雷两府人民公启》，我也热血沸腾啊。但政府无能，自己身在法租界，为了生活，也无可奈何啊。”

“你的处境大家是可以理解的。只要有一颗爱国心，在哪里都可做些有益于人民有益于民族的事。只要你做了，人民是不会忘记你的。”陈庆桃说。

黄祥南还说，沙仁虎是法国人的一条走狗，会咬人，要注意他。还说，去年年末，不知怎的，他在大环岭被人抢劫，枪丢了，钱没有了，还给打断了腿，打爆了头，被送回西营医治，至今还未回来。

“这是个好机会啊，趁他不在这里，可以做些好事。”陈庆桃说。

“唉，我也是一个当差混饭吃的。一介书生，能做些什么？”黄祥南为难地说。

“想办法给农协弄些……最好。”陈庆桃做个勾手指的动作说。

黄祥南露出了为难之色。陈庆桃附着他的耳朵如此这般地说着。

黄祥南严肃地点点头。

第二天，黄祥南就草拟了一份公函，派人送给法租界当局，说是目前盗贼猖獗，连副公局长都被抢劫打成重伤，要求成立团练兵队，以保境安民。请求上峰调配枪支弹药，云云。

法租界当局很高兴，并称赞黄祥南是个有想法的人。当即提供11支枪和一批子弹，并送来手工造枪器械一台。

黄祥南马上成立团练，农民自卫队的很多队员就成了团练的兵，那台造枪器械也因为“公局地方狭小”而被运到了上淡水沟李癸泉处。李癸泉把这台宝贝安放在右边屋臂，用锁把这间屋臂锁死。

有一天，黄祥南在公局外面遇到陈庆桃，两人一起到三合窝的小店里喝小酒。黄祥南有意无意地说：“兄弟，近段风声紧啊，坡头圩法国营盘都准备派兵来察看三合窝了。时间是三天后。”他特别强调一下“三天后”三个字。

法国人在西营设立中心兵营，同时在其他地方也设有兵营，在南二这边就设有坡头兵营和三合窝兵营。坡头兵营就在塘博村旁边，建有营盘和官兵宿舍，兵力是三合窝的三倍。他们要来三合窝察看也顺理成章。

陈庆桃听到这个消息后，点点头，说：“你这个公局长真辛苦！要好好招待人家啊。”

酒喝完，两人就分手了，黄祥南回公局继续忙他的公务去，陈庆桃则打道回家。

离开三合窝，陈庆桃就决定顺便去太平村看看老同学李癸泉，两人有好几天没见过面了。

到了太平村，陈庆桃还没进门就喊：“老同学在家吗？不出去看病人？”

“哎，你好！今天没出去啊，在家里熬些膏药。”李癸泉一边说一边迎了出来。一见面，就搂住陈庆桃的肩膀。

“不要太辛苦了，要歇歇啰。到海边走走吧？”陈庆桃说。

“要看海写诗？好的，陪你走走。”李癸泉一边说一边进门去拿来两个番薯，递给陈庆桃一个，两人就一边吃着番薯一边往外走去。

穿过沙丘丛林，就是海边了。远处“雁门飞雪”滚涌着一线浪花，令人百看不厌。陈庆桃此时无心赏景，悄悄地把三天后坡头圩营盘法国士兵要来查看三合窝的消息告诉李癸泉。

李癸泉听了这个消息，望着“雁门飞雪”想了想，就说：“打他！”

“好！小心！”陈庆桃说。

两人沿着海边，朝着沙城方向慢慢地走去，一路商量着什么。

走着走着，两人拱拱手就分手了。陈庆桃往沙城走去，李癸泉转身回家。

晚上，他和李荣泰如此这般地说了一会儿，李荣泰就去通知自卫队队员了。

三天后的凌晨，鸡叫了三遍，漆黑的夜色笼罩着乡村田野。李癸泉和李荣泰兄弟俩从村子走了出来，很快被淹没在夜色中。淡水沟其他村子，也几乎在这个时间分别有三五个人影往村外移动，借着夜色的掩护，一声不响地朝大环岭方向奔去。他们不往埇尾渡口走，而是从小路往周屋上面走，米稔江边早已有一艘船在那儿等候。

他们会齐后，马上登船，几个人撑篙，快速地过了江。下船后，他们悄无声息地迅速走上大环岭，然后，这20来人就快速往路两边分开，在茂密的丛林中埋伏起来。那艘船就顺江而去。

树林间弥漫着雾气，小鸟还在沉睡之中，连土狗也不叫了，大环岭一片寂静。

天亮了，太阳升起来了，霞光万道。

今天不是圩日，路上行人很少，只有树木被风吹得不停地点头。

不久，大约是一个班的法国兵，大摇大摆地走来了，一点准备也没有，因为他们根本没想到会有人敢打他们的主意。

来了，近了，法国兵进入了自卫队的伏击圈。

“打！”李荣泰一声令下，路两边的长短枪和鸟枪就朝着法国兵开火，一时枪声大作，三个法国兵当即受伤。这出其不意的一击，使法国兵摸不清自卫队的虚实，一时反应不过来。加上己方人数本来就少，已有三人受伤，无遮无掩，两边受敌，法国兵哪能应战？枪栓还来不及拉，就拖着伤兵，扔下了几条枪和一批弹药狼狈往回逃。自卫队员因为怕暴露，埋伏的时候离路稍微有点远，加上小树丛有点阻拦，当冲到路边的时候，法国兵已逃远了，追之不及。

李癸泉指挥大家迅速捡起敌人丢下的枪支弹药，离开这里，迅速从小路往米稔江下游江口走去。不多远，来时的那艘船早就等待着他们。上了船，大家操起棹，一齐出力划水，船像箭一样顺流而下，往出海口驶去。

大环岭又恢复原来的平静，斑鸠已在树林里“咕咕”地叫。等到坡头圩法国营盘再出动人马来搜索时，只能白忙一阵，哪里还有自卫队的踪影？他们做梦也不会想到，远在鉴江边的淡水沟农民自卫队会来到这里袭击他们，而且带着长短枪和鸟枪而来。

南海海面上，金光万道，自卫队的船顺风顺水地沿着南三河右岸往前驶去，三合窝渔港那艘机船还静静地泊在岸边。不久，自卫队的船就将三合窝远远地抛在后面，面前是一碧万顷、波翻浪涌的南海。

黑暗的日子里

农历三月中旬后，经过淡水沟联络站前往广州湾西营和赤坎的革命人士渐渐多了起来。联络站的船经常往返于广州湾与淡水沟之间。

这些同志都是到广州湾潜伏起来的。从他们的口中，知道蒋介石叛变了革命，发动了反革命政变，疯狂屠杀共产党人和革命群众，轰轰烈烈的大革命运动遭到了失败，南路也处于白色恐怖之中。

南二位于广州湾的东南面，属于法租界内，国民党反动派的黑手暂时还没伸到这里来。特别是淡水沟，处于海之涯，更有点天高皇帝远的样子，相对安全点。于是，茂名、电白、信宜、廉江、化州，甚至吴川的很多党员干部也撤到了这偏僻的淡水沟来。南二淡水沟党支部的担子重了。这时，李癸泉勇敢地挑起担子，将他们分别安排到打进法公局当议员的党员家里隐蔽起来，并吩咐大家要做好保护工作。虽然反动派的枪炮还未轰到这里，但大家的心头还是涌起了不安的愁云。

农历四月底，李癸泉接到通知，要到赤坎鸡岭开会。特别要求，悄悄动身，不要让别人知道，就是家里人也不要告诉。李癸泉叫李荣泰开船将他送到赤坎古老渡后，就只身上岸。

赤坎是个古商埠，自古繁盛，被划入法租界后，为二市（麻斜市、西营市）三区之一。赤坎港埠是粤西水陆交通要津，商贾云集，在渡口一带分别建有高州会馆、潮州会馆、闽浙会馆、雷阳会馆和广府会馆。

李癸泉上岸后，沿青石码头拾级而上到福建街，不远处即为潮州会馆，然后往左从潮州会馆旁边的小巷往前走，即到高州街。高州街青石铺就，凹凹凸凸，高州会馆即坐落在潮州会馆左边。

李子安早已在高州街和小巷交界的地方等着，见到李癸泉来到，李子安二话不说，拉着他就走。一边走一边告诉他：“蒋介石发动了反革命政变，到处抓捕共产党人，国民党反动派和法租界当局勾结，也把手伸到租借地来了。我们的活动要全部转入地下，今后我们行动要特别小心了。”说到这，他们已走下码头石阶。

“这次会议本准备在赤坎鸡岭召开，但消息暴露了。为安全起见，会议改在吴西南开。我是特意在这儿等你的。会议重要，我们快走。”李子安说完，两人就匆匆穿过街道，在岸边上了小船，从调顺海向对岸开去，上了岸，就直奔吴西南而去。

今天早上，李癸泉只吃了两碗番薯粥就动身了，现在肚子已饿得呱呱叫，口也渴得很，步子很沉重。但他一声不吭，咬着牙和李子安急忙赶路，天黑的时候，终于赶到了门头埠文武庙，会议将要在这里召开。陈信材带他们到一个老乡那儿吃了几个番薯，喝了一碗米汤，就参加了会议。

文武庙位于门头古埠东北面，坐北朝南，背靠门头岭。门头岭也叫炮台岭，因岭上有清朝设置的炮台而得名。门头也叫石门，这一片海人称之为石门海，是吴川、遂溪和廉江的分界线。海水自调顺海通过此门涌入，涨潮时海水一直往上涌。而发源于廉江、遂溪的两条江江水自北往南流，到石门上下和海水汇合，海潮与江涛相击，声震两岸，蔚为壮观。大海退潮时，江水随之流入大海。相传清道光帝曾赞门头："有山自西跨东，石壁耸峻，障断河流，中阙若门以通潮之上下，海潮至，自门涌入，浪击涛奔，声震林木，山水相映，为县胜地。"

道光皇帝为何、何时到此地，不得而知，但自古以来，此地便成为埠头是事实，除商贾云集外，古时候很多官员从这里乘船往返，所以称之为官渡。石门文武庙联系着吴川、遂溪和廉江，所以位置很重要。文武庙距离陈信材祖籍地泮北村也不甚远，是中共石门支部设的一个重要据点，难怪南路特委要将会议转移到这里开。泮北村农民自卫队自然承担起这次会议的保卫工作。

会议开始了，金黄色的烛光映照着每个人的脸，人人都非常严肃。南路特委的领导向大家介绍了当前的严峻形势，传达了上级关于以革命的武装反抗国民党反动派血腥屠杀的指示，决定成立“南路农民革命委员会”，领导南路人民开展武装斗争。会议要求各地要从人力、物力和资金上支持特委。

会议在凌晨结束，与会者不休息，连夜离开这里分散回去。李癸泉和李子安一起往南二方向走，一路无话，直到坡头高岭才分手。

李癸泉回到家，和李瑞春连夜召开小组长会议，向大家传达了石门文武庙会议精神，讲清当前的形势和任务，要求大家树立信心，鼓起勇气，开展新的斗争。会议立即布置筹粮、筹款工作，要求加紧修造枪支子弹，扩大自卫队队伍和武装力量，利用法租界的特殊环境，反抗反革命的屠杀。

会后，党支部认真落实石门会议要求，从自卫队中选派16名队员参加吴川县农民自卫军。同时派张胜、康耀湖带300银元给南路农军，另上交南路特委375银元。这些钱来之不易，都是他们四处筹措得来的，其中有部分是他们节衣缩食捐出来的。

这段时间，陈信材、彭成贵、张胜、李子安等先后来到淡水沟教李荣泰、冯亚寿、冯康妹以及自卫队队员造枪，造手榴弹和子弹。李癸泉家右边屋臂日夜叮叮当当地响起来，造出的枪支弹药不断地被送往县农军大队。经过几个月时间，自卫队共造出步枪24支，手榴弹30多只，子弹五万多发，有力地支援了县农军大队，也武装了自己。

农历十月底，秋收早已结束。秋风飒飒，天气变凉了，天空中鸿雁南飞，给人一种苍凉的感觉。

这一天，李子安和伍区忠亲自用船送两个伤员到李癸泉家。只见两人脸色苍白，身体虚弱，显然是流血过多造成的。一个大腿上缠满纱布，一个手臂上用木板固定着，也用纱布包扎着，身上其他地方也有伤。李子安向李癸泉介绍说：“这两位是县大队的潘亚玉和彭观有，受伤了，送来你这医治。相信你能让他们早日归队。”喝了几口水，李子安他们就走了。

送走了李子安他们，李癸泉马上给两人检查伤口、上药。交谈中，才知道是前两天，县农军大队在振文水口渡伏击国民党邱兆琛团一部，战斗很激烈，敌我双方，你来我往，敌人装备虽优于农军，但农军战士打得很勇敢。国民党军被击毙击伤20多人后，抵挡不住，败走了。他俩就是在冲向敌人时被打伤的。考虑到南二淡水沟处于法租界边缘地带，相对安全，加上李癸泉医术高明，李子安就把他俩送到这里隐蔽养伤了。

每天李癸泉都认真给他们清理伤口、换药，李癸泉还未到八岁的儿子李衍章也跑来帮忙，递个纱布、捧个水什么的。因为平时来来往往的叔叔伯伯多，小衍章显得自来熟，天天都到书房来，叫叔叔讲打仗的故事。

“衍章，吃饭了。”李癸泉在上厅叫着。

“哎，好的。”小衍章说完，就蹦蹦跳跳地跑到上厅去。

吃完饭，小衍章又来到了书房和两位叔叔玩。

“衍章，今天有什么好吃的？鸡肉香不香？”彭观有笑着问。

“今天我吃了一个番薯和半碗粥，还吃了菜头仔，还有海螺。今天的沙白螺可好吃了。”衍章回答说。

“没吃鸡肉吗？”彭观有再问，脸上已没有笑容。

“没有。到过年才有鸡肉吃，鸡腿比鸡肉好吃呢。”衍章说。

彭观有什么都明白了，说：“晚上带上你的饭来和叔叔一起吃，好不好？”

“好！”小衍章说。

晚上吃饭的时候，小衍章果然拿着番薯捧着稀粥来到了书房。

“来来来，衍章小朋友，叔叔喜欢吃番薯，和你换着吃。”彭观有笑着说，就把白米饭递过去。

“不行！爸爸说，叔叔受伤了，要吃米饭才能好得快。叔叔伤好了，就能去打反动派。”小衍章说。

“叔叔不喜欢吃鸡肉，你替叔叔把这块鸡肉吃了。”潘亚玉说了，就夹起一块鸡肉伸向衍章的碗。

衍章刚把碗伸出去，又马上缩回来，说：“不行不行！叔叔受伤了，要好好补补身子。”说完，马上跑回厅房。

“多好的孩子！多好的一家人啊！”潘亚玉感慨地说。

经过李癸泉的精心调理，不到十天，两人伤势明显好转，身体也恢复得差不多了。于是告别这一家子，返回县农军。离别时，小衍章拉着两位叔叔的手，哭着把他们送上船，直到看不见船了，才回家。

丁卯年快过了，戊辰年的春节就到了，村子里并不见得热闹起来。叩拜祖宗的时候，照样要烧香烛纸宝。爆仗是一定要放的，但只能放那种小小的四四方方的小排炮，“噼啪”两下就没了。大窝天后宫倒是比村子热闹，出出进进着附近村庄的信众，烟雾缭绕中，混着鸡鸭猪肉的香味。来拜神的人，烧香，斟酒，摆上鸡鸭和猪肉等供品，就三叩九拜，烧金银，一切如仪。

过了年，走走亲戚，就开始点种花生。开春了，草芽早已钻出地面，但雾气飘荡在乡村田野，天总不开朗，天上厚厚的云层给人一种压抑感。看来，清明没到，难得晴朗啊。

正穷粑刚吃了，二月初一巳时，李子安派一个农军队员来到李癸泉家，叫李癸泉快带药箱和几个人到塘缀救护伤员。李癸泉二话不说，叫上几位身强力壮的自卫队队员马上出发。

在路上听农军的这位队员说，今天天还没亮，县农军在塘壩石狗塘遭到国民党地方军骆立意营1000多人袭击，双方正在激战。知道情况紧急，李癸泉他们小跑着前进。

到了石狗塘，战斗正打得激烈，阵地上喊杀连天，子弹横飞，打在土坵、田埂、地面上，腾起一串串泥尘，间杂着隆隆的炮响，阵地上便瞬间腾起冲天泥柱。泥土上染着殷红的血，中弹的战士被抬下战场。虽然没经历过这么大规模的战斗场面，但李癸泉他们见状，马上毫不迟疑勇敢地冲进阵地。

“趴下！”旁边一位战士喊着，同时一把拉下李癸泉。“啾”的一声，一颗子弹从头上飞过。

“好险！”李癸泉暗暗叫了一声。这时，领导把他叫下来，让他到后面救治伤员。他就往后撤，下来处理伤员。

送下来的农军战士有70多人，其中有些已当场牺牲了。李癸泉恨自己不能早点赶到，挽救他们的生命。他水也不喝一口，开始与死神争抢着时间。他忘了饥饿，充耳不闻子弹的啸叫声，一直忙到下午三点左右。他的脸上满是泥尘，连眉毛都沾上了。双手都是血，衣服上也有斑斑点点的血迹，人疲劳极了。

枪声渐渐往前推移，慢慢停了下来，国民党军付出了惨重的代价，败走了。农军也抬着伤员，返回了根据地。

晚上，李癸泉和同来的队员完成了战地救护任务，就披着星星，连夜返回村子。

形势越来越恶化了，国民党反动当局加紧武力镇压革命，同时在各地建立特务组织，破坏共产党的基层组织。还和法租界当局勾结，狼狈为奸，妄图消灭租界内的共产党。

沙仁虎瘸着腿，一拐一拐地也回到了三合窝公局。每天，他带着蓝带兵到处晃荡，好几次来到了淡水沟，到了太平村，还特意闯进李癸泉家，看看有没有可疑的人。仗着国民党反动派和法当局的支持，尤坡雕又嚣张起来了，他的手下又带着枪到南二来收租。他们一到淡水沟，联络站就把消息传开，叔公他们就早早锁上门，坐上渔船出海了。

农历三月二十三是天后圣母的诞期。往时，上下淡水沟各个村庄的村民，络绎不绝到天后宫来叩拜。特别是那些渔民，在这一天更是集体休渔，杀鸡宰鸭，三牲酒礼，诚心顶礼膜拜，祈求风平浪静，耕海大着。还在庙前的空地上，搭建戏楼，连演三天大戏。这是圣母娘娘诞期庆祝活动最重要的内容，周边百姓也跟着乐了几天，特别是那些小孩子，整日在戏楼周围蹦蹦跳跳，欢乐是他们的。而今年，情况似乎有点不同，村民照样来叩拜，但戏就不演了，听说原因是没钱。不演戏，热闹也就没有了。天后宫前爆竹还不时地响着，廿三后，锣不喧，鼓不响，小孩子也不来了。只有庙祝公在尽职尽责地打理神庙的事情，出出进进，忙里忙外。

农历九月十五傍晚，南路联络员彭成贵、潘宏才驾着小船来到大窝天后宫，庙祝公马上到太平村去告诉李癸泉。

李癸泉还没吃晚饭，就用篮子装上几个番薯，跟着庙祝公赶到庙里。见到彭成贵两人，李癸泉把篮子递过去，说：“还未吃饭吧，快吃几个番薯填填肚子。”

“你呢？”彭成贵问。

“早吃过了。你快吃，饿了。”

彭成贵一边剥着番薯，一边说：“目前南路情况进一步恶化，有好几个地方党组织遭到破坏，领导干部被捕，革命力量损失很大。根据南路特委指示，目前要十分注意保存革命力量。你们马上布置党员和自卫队员分散隐蔽，暂时不公开活动。保存革命力量，待机再起。”彭成贵两人吃完番薯，传达完上级指示，就离开了。

李癸泉马上去找李瑞春，传达了上级的指示。两人商量了一下，决定分头通知各党小组组长，让他们分头通知同志们分散隐蔽，告诉大家，这段时间不要公开活动，可以投靠亲戚朋友，或是多出海打鱼，在海上躲避敌人的搜查。晚上尽量不在自己家过夜，以免敌人突然袭击。

凌晨时分，李癸泉才回到家。一进家门，就看到锁着的屋臂，就想到那台制造枪械的机器，万一有敌人进屋搜查，那就危险了。于是叫醒兄弟们，到屋外沙丘下挖了一个坑，然后用破衣服把机器包好抬出去埋在沙坑里，等过两天风一吹，就看不出痕迹了。

空着肚子，连夜奔波，回来又猛干了这么一阵，李癸泉感到十分疲劳。进到天井，从水缸里舀了一瓢水，猛喝几口，躺下就睡了。

平时天亮了，李癸泉就起来了。今天，他还在睡，实在太疲倦了。他爱人煮好早饭后，就到房间拍拍他，说：“日头晒屁股了。”

李癸泉揉揉眼睛一骨碌爬起来，问：“番薯煮熟了没有？”然后简单漱漱口，刷刷脸，就进厨房抓起一个大番薯，连皮也不剥就啃起来。

“像个饿死鬼似的，很好吃是吧？”他妻子笑着说。

“又香又甜，很好吃。你也来一个。”李癸泉抓起一个番薯就塞给妻子。

“稻子虽然黄了，但还在禾田里。米缸快空了。”妻子说。

“哦。我得想想办法。”说完，李癸泉背着布袋又出门了。

他惦记着同志们，他一个村子一个村子地走，看看同志们准备得怎样，这个时候，容不得一点粗心大意啊。当然，他也要到那些病人家中走走，问问情况，因为他是个医生，向来口碑很好。

下午，他来到了沙城村，进了陈庆桃的家。他俩是特要好的同学，互相间不需要客气，见到兜里的番薯，李癸泉抓起来就吃。陈庆桃虽说是个议员，没有薪俸，生活也不见得好，还是以番薯为主粮。

“党小组的情况怎样？同志们都有些什么想法？要树立革命必胜的信心啊。叫大家一定要注意隐蔽，留得青山在，不愁没柴烧。革命烈火很快就会燃烧起来。”李癸泉说。

“请放心，我们一定会把工作做好的。你也要注意啊。”陈庆桃拍拍李癸泉的肩膀说。

“借我几斤米吧，家里米缸空了。”

“你还跟我客气？借什么借？我还不知道你？来来往往的同志把你家的米缸都吃空了。饿谁也不能饿我侄儿衍章。”陈庆桃说着，就打开米缸盖，舀起米倒在一个米袋里。

“好了好了，过几天就开镰了。”李癸泉抢过半袋米，说声“多谢”，就告辞回家了。

好多天没睡过一个好觉了，今天早上李癸泉起得晚一点。他简单地擦擦脸，就吃早饭。他今天准备到三合窝去看看张大婶的疮怎么样了。

这时候，李子安又带着一个人，来到了他的家。李癸泉马上带他们到书房坐下，然后到后厅把刚煮熟不多久的番薯端来。

“两位兄弟，不好意思，没好饭菜招待，吃几个番薯填填肚子吧，这么早来到这里，肚子肯定是空的。”李癸泉说。

“自家兄弟，客气什么，麻烦你们一家了。”李子安一边吃着番薯，一边介绍说，“这位是跟你同一年入党的陈时同志，梅菉党支部的书记。国民党反动派正在追捕他，现在让他来南二隐蔽一些天，又辛苦你了。”

陈时还很年轻，看样子不过二十二三岁，很干练的样子。

“到南三岛去怎么样？那里群众基础好，又是个海岛，安全些。”李癸泉提出了建议。

“到这里，听你安排吧。”李子安说。

“我的工作在梅菉，到南三远了一点，又隔着海，联系不方便。是不是到坡头圩去，离梅菉近一点？反正都是法租界的地方。工作放不下啊，过一阵子我就要回去。”陈时提出了他的意见，在他心里，党的工作重于他的安全。

听到陈时的意见，李癸泉很感动，也很理解，于是点了点头，决定送他到卢裕生那里去。

三个人接着商量怎么去坡头圩。李癸泉说：“形势越来越紧张了，南二这一带地方敌人也盯上了，埇尾渡口时不时有一些陌生的人在那里转悠，走陆路我看不太安全，要不，我们走水路，最好还是夜晚走。”李癸泉把他的想法说出来。

“这个想法好！”李子安说，“这个任务就交给你了，尽力保护好陈时同志。”

大家想到大白天惹人注意，为了安全起见，现在马上行动，先到海上再说。李癸泉让荣泰找一位联络站交通队队员来，开船出去。

安排好后，李子安便回去了。

一艘渔船停在村外的岸边，李癸泉兄弟带着陈时上了船，出海了。

他们在船上专心地垂钓，船儿向三合窝方向慢慢地摇着。波浪撞击着船头，船儿一起一伏地往前驶，就像车在坎坷的路上行驶。

太阳慢慢地向西边坠下，晚霞的余光把南三河口外这一片海面染成一片血红。李癸泉他们把船头调往南三河口，向西开去。

“不远处就是石角渡了，我们就从那里上岸。”船开出一段时间，李癸泉就吩咐着。

“石角渡那里有很多石头吗？”陈时听到“石角渡”这名字，就好奇地问。

“石头确实有，但不见得很多。地名却很有名。”李癸泉说。考虑到坐了很长时间的船了吧，李癸泉就向陈时介绍起跟“石角”有关的事情：

“南三岛围岭村和对面南二的浦头村之间相隔着一个小海峡，涨潮时也不过八里宽。因为滩涂有几处乱石头，两岸陆地又呈对角状，所以人们叫它‘石角海’。这‘石角’就延伸出南三这边的石角田、石角岭，这渡口也顺理成章叫作‘石角渡’了。传说清朝嘉庆年间就有人在这里摆渡了，上岸不远，就是大商家许爱周的家乡博立村。”

说着说着，不久船就靠岸了。此时，天已经全黑，天幕上缀满了星星。李癸泉兄弟陪着陈时，往坡头圩赶去。不到半个时辰，就到了卢裕生的店铺。店铺还未关门，亮着昏黄的煤油灯，三位不速之客到来，打破了店铺的宁静。卢裕生把他们迎进屋里，就赶紧把门关上。

“这位就是我在船上给你介绍的卢裕生同志，坡头小组的组长。”李癸泉向陈时介绍着，然后又把陈时介绍给卢裕生，两个人的手再次紧紧地握在一起。

考虑到药店来往人多，不安全，卢裕生在招待他们简单地充充饥后，就将陈时安排到药店一个伙计家里，那个伙计接受任务后，连夜带着陈时走了。安排好陈时同志，李癸泉兄弟告别卢裕生，就从原路返回渔船，然后开回淡水沟。

秋收过了，几天后，稻田的稻草也晒干了。人们就把稻草挑回去，塞在家里的空房子里。没有空房子的，就堆在屋外，叠成圆圆的一堆，上面堆叠成大笠篷的样子，斜斜地，以卸掉雨水。可知道，这些稻草是穷人家换屋顶的材料啊。

李癸泉家的稻草全由他妻子挑回来，因为他整天到处跑。妻子把稻草挑回来后，顾不上叠，随便扔在侧门外的空地上，就回家煮晚饭了。李癸泉回来后，见到稻草满地都是，没有叠起来，就简单地收拾一下，把它们扔在一起，堆得高高的，不堵路就行了，不像别人家那样讲究，反正天暂时不会下雨，他忙着呢。

今年的北风似乎来得早，还不到农历十二月，天气就冷了。这个时候，一批批共产党人撤到这里来。李癸泉和他的同志担负起接待、安置和隐蔽的工作。从同志们的口中，得知省委派到南路负责兵运工作的梁超群早在广州时就被国民党发展为特务，在南路特委机关负责后勤工作的陈克桂也被国民党收买了，里通外应，中共南路特委和各县领导人多人被捕，惨遭杀害，特委机关遭到严重破坏，已暴露的同志只能到处躲避，隐蔽起来。李癸泉和党支部的同志，将这些同志分别安排到南二各村的百姓家里，淡水沟各村都安排了一些。有的用船送到三合窝对面南三岛的莫村、大辣、北头寮等村庄隐蔽起来。那里的群众基础好，又是海岛临海的地方，敌人不易搜查。

一天，几个陌生人来到大窝天后宫这里四处张望，还进到庙里来，问庙祝公，这里和附近有没有外地人来过。

“有啊，你们不就是外地人？其他的倒是没见过，天涯海角的，谁来呀。你们是来烧香的吧？难得啊，圣母保佑你们。”庙祝公很真诚地说，并拿来香枝让他们点火。

这几个人没看到别的，香也不烧，就离开了。

庙祝公赶紧将情况告知李癸泉，李癸泉不敢大意，夜里把分散在群众家中的几位同志送上船，然后开到沙角旋那边，泊在海湾内，让同志们在船上休息。天亮了，就装成打鱼的，在海上漂荡。

第二天，那几个人又来了，在这个村子转转，在那个村子走走。村子里，家家户户大门洞开，一切都是那么平常。那几个人觉得没有什么可疑的地方，转了转，也就离开了。

十二月了，北风越刮越紧，天上的云好像越压越低，天黑得也早了，屋子里已亮起了灯。

这时，陈信材走进来，李癸泉感到很意外，一家子都忙着上前打招呼。陈信材摆摆手，做出不要说话的手势。李癸泉知道形势紧张，就叫荣泰到外面张望。

李荣泰出门不久，就急忙跑回来，说：“海滩上走来几个人，好像是发现了陈信材同志，快隐蔽起来！”

要离开这里已经来不及了，藏在家里也不安全，李癸泉马上叫陈信材把上衣脱下来，然后拉着他从侧门出去，在门外的稻草堆中扯出几把稻草，让陈信材躲进去，然后再把那几把稻草堆上去，把他掩起来。

做完了，李癸泉刚进家门，几个人就闯进来了，说："刚刚进村子的那个人在哪里？"

"是我不？"李荣泰站起来说。这时，他已穿上陈信材的衣服。

"你是谁？"一个人问。

"我是这家的人呀。我刚刚从外面回家呀，怎么啦？"李荣泰沉着地说。

这几个人朝李荣泰瞄了瞄，好像身材也差不多，又这个房间看看，那个房间看看。看见屋子里简简单单的，藏不住人。这几个人就只好走出门往别处追去了。

过了好一会儿，确定那几个人已离开村子，李癸泉才扯开那几把稻草，让陈信材出来，连声说："好险啊！"

既然敌人已经来过，那就证明这里已经引起敌人的注意，说不准到别处搜不到，再杀个回马枪，这里是不能久留了。李癸泉叫李荣泰马上开船，将陈信材送过利剑门，到红树林那边躲起来。

李荣泰叫交通队冯福元将船开过来，因为天气寒冷，李荣泰把自己的一件衣服给陈信材穿上，就一起上船了。

在船上，陈信材才说，由于梁超群的叛变出卖，南路机关遭到严重破坏，特委书记黄平民、委员朱也赤等十余人被广州湾法当局赤坎公局逮捕，把他们交给国民党当局，继而被杀害，之后吴川党支部与上级党组织失去联系，他也被敌人盯上了。在同志们的劝说下，他暂时转移到南二淡水沟坚持革命活动，同时避一避。想不到敌人来得这么快，前脚刚进屋，敌人后脚就追到了。"还得感谢你那堆稻草的救命之恩啊。"陈信材开玩笑地说。

海上的风很大，也更冷。几个人挤在船舱里，李荣泰稳稳地把着舵，船儿一荡一荡地驶过利剑门，然后转向沙角旋海湾那一片红树林旁边的海滩。

“目前这种情况，该怎么办呢？”李癸泉问。

“避避风头，我就回去吧，形势紧张，我离开不行啊。”陈信材说。

“不行啊，敌人已经行动了，回去就是进虎口。保存力量，才能东山再起。”李癸泉说出了自己的意见。

陈信材思考了一会儿，就说：“好吧，我就安心在这里多待点时间吧，你就多准备一点儿番薯，南二的番薯好吃呢。”陈信材笑着说。

“番薯少不了您的。但这里不太适合您隐蔽，离县府太近了。陈时同志去了坡头圩我都不太赞成呢。我建议你去广州湾西营那边，那里人多复杂，更容易隐蔽，也更容易和上级联系。”李癸泉分析着说。

李癸泉说完，李荣泰和冯福元也赞成。

“那少数服从多数，就这么定了。今后再吃你的番薯。”陈信材笑着说。

考虑到要做些准备，村子情况也不明朗，大家就决定先在这里过一宿，明天再从容转去西营。

天亮了，村子升起了淡淡的炊烟。李荣泰将船靠近岸边，李癸泉吩咐李荣泰和冯福元回去要些衣物，看看村子哪家晒有咸鱼，要一些来到那里吃。确定村子安全后，回到船上陪陈信材同志到西营。

半个多小时之后，两人先后回到了船上，除了一些粮食之外，还真的要到了好几斤咸鱼。原来乡亲们一听说他们想要点咸鱼，大家就把自己晒的都拿出来，所以就有好几斤之多。李癸泉就下了船，让李荣泰和冯福元护送陈信材去西营，对哥哥荣泰办事，他是放心的。

起航了，风有点儿大，船儿颠簸着往南三河口开去。直到船儿不见了影子，李癸泉才回家。回到家，他也不出门了，心里老记挂着陈信材同志的安危。

第二天中午，冯福元开着船回来了。他把船停好，就跑到李癸泉家，向李癸泉汇报，说昨天顺利地到达西营，找到了一个落脚点。

"陈信材同志要我俩开船回来，他留在那里，希望能联系到上级党组织。荣泰哥不放心，要留下来陪伴陈信材同志。带去的咸鱼刚好用得上，我们正好以卖咸鱼生意作掩护，在那里打听消息，同时也能解决生活的问题。荣泰哥叫我开船回来，一是向你报平安，二是继续收购咸鱼，带到西营卖。"冯福元说。

听到这些情况，李癸泉一颗悬着的心暂时放下来，说："那好，吃过午饭，我和你去收购咸鱼。"

下午，两人在淡水沟逐村走了一遍，收到了二三十斤咸鱼，冯福元就挑着走了。他们在西营一卖咸鱼就是两个多月，此是后话。

天气越来越冷了，天上翻滚着乌云，夜晚没有月光，连星星也没有。李癸泉苦闷着，想出去走走。刚出门，就远远看见卢裕生来了。这么晚才来，一定有事，李癸泉心一紧，就迎了上去。

"陈时同志出事了！"一进书房，卢裕生就说。

“怎么回事？快说。”李癸泉拉着卢裕生的手急切地问。

卢裕生坐下来，就把事情的经过说了出来。

原来陈时到了坡头圩，被安排在药店伙计家里。小伙计是椰子根村人，椰子根村群众基础很好，在那里是安全的。陈时同志是个革命意志很坚强的人，也是个责任感非常强的领导人。在椰子根村待了一个多月，他总是记挂着革命的工作，很想回去参加斗争。他说待在这里这么久了，很记挂同志们，很想回去。这不，今天下午，还没等到吃晚饭，他就走了，想趁着夜色回到梅菉。他走过高岭村，还没越过法租界，就给法国兵逮捕了，法国兵立刻把他交给那边巡逻的国民党兵。

“我一听到这消息，就急匆匆地跑来告诉你。都怪我没坚决把他留下来。”卢裕生自责地说。

“不要自责了，你已经做得很好了。你快回去，叫那些隐蔽的同志注意安全，不要急着离开租界。我派人快快去通知李子安，看怎么营救陈时同志。”李癸泉安慰着他，说完，两人就出门了。

夜很黑，乱云飞渡，村外的涛声一阵接着一阵。李癸泉翻来覆去地睡不着，特委机关被破坏，陈时同志被抓了，他和他的战友们已和上级党组织失去了联系。长夜难明啊，路在何方？

身陷牢狱中

春天不可阻挡地来到了，后面岭头的枯草艰难地吐出一点绿芽。但是那股寒流总不肯离去，时不时地出现倒春寒。开春之后，浓雾笼罩着大地，一直到清明，阳光总透不过来。点下的花生早就伸出了叶瓣儿，但没阳光照耀，总是黄黄的，一副病恹恹的样子。

李癸泉每天背着布袋跑得更勤了。

“李医生，这么早啊，又到哪？”李癸泉刚走到梅魁村边，一个牵牛早出的大爷见到了问。

“早出的鸟儿有虫吃，揾两文来过三餐啊。去看个病人，顺便到坡头圩买些药。”李癸泉回答说。

“唉，世道艰难啊。”大爷叹了一声，牵着牛走了。

李癸泉继续往前赶，他要去看看那些隐蔽在各村的同志啊。

沙仁虎整天像一条疯狗一样到处乱窜，嗅着各种味道。他想到自己被打的事情，想到自己被打会不会跟李癸泉有关，再联想到渔民协会到公局示威请愿时带头的就是李癸泉。几次跟法军交手、打尤坡雕也是发生在淡水沟，他就把李癸泉列为南二第一危险分子，盯得更紧了。

前几天李癸泉去了一趟南三，把莫村、大辣、北头寮、黄村走了一遍，隐蔽在那里的同志都很好，他放下了心。

一眨眼，端午节快到了。今天，他一早起来，吃了早饭，又出门了。他想去坡头圩看看同志们，顺便买点猪肉回来过节。说来惭愧，这么多年来，过年过节，他极少买过什么东西。

他走着走着，感觉背后总被一双眼睛盯着，因为这种感觉近段时间一直都有。

他坦然地走着，不久就到了坡头圩，照样先到卢裕生药店。不久，有两个人进到了对面的糖水铺，不断地朝药店看。

李癸泉正在和卢裕生讲着话，面朝外的卢裕生敏感地注意到了对面那两个人，笑着对李癸泉轻声地说：“那次的故事又来了。”

“我感受到了。”李癸泉轻声答道。

李癸泉和卢裕生坐在药店里天南地北地聊着，谈得最多的是治病和用药。聊到高兴的时候，还发出爽朗的笑声。对面那两个人竖着耳朵听着，慢悠悠地喝着糖水，没有急着走的意思。

一个时辰过去了，那两个人还在喝着糖水。这时，李癸泉站起来说：“还有人在村子里等着我，我要走了。”说完，拿起两包药就出门，猪肉什么的也不买了，直接往回走。

那两个喝糖水的互相望了一下，丢下几文钱，急急脚（方言即“急忙”的意思）地跟着出门，望着李癸泉赶去。

走着，走着，李癸泉又到了大环岭，不时有几个来往的人。他继续走到一段树木阴翳的弯路时，后面那两个人就加快脚步追上来了。李癸泉微微笑了笑，依然不紧不慢地走着，就当后面那两个人不存在一样。

两人追到了李癸泉的后面，前面一个一伸手就往李癸泉的肩头抓去。李癸泉反应极快，往右一撤步，反手一撩，就抓住那人的手，左手一拳就砸在那人的眼睛上。另一个就挥拳冲上来偷袭李癸泉的头部。李癸泉一闪，右掌推出，同时左脚一扫，就把这个偷袭的打倒在地。再准备补上一脚，那人往旁边一滚，躲开了，急忙爬起来拉着那个眼睛受伤的跑了。跟着师父学了几年功夫看来不是白学的，今天第一次用上，还真有效。李癸泉也不追赶，拍拍手又继续往渡口走去。李癸泉知道敌人已盯上他了，往后恐怕麻烦就会多了。

那两个人其实就是沙仁虎的打手，他们也想学沙仁虎被偷袭的故事，在大环岭让李癸泉“消失”。但他们不知道李癸泉是陈焕五师傅的得意门生，普通的三五个人近不了他的身。他们在林子里歇了一会儿，才返回公局向沙仁虎报告，被沙仁虎臭骂了一顿。

沙仁虎见阴的一招不能得手，就来阳的。他把他怀疑李癸泉是共产党的事向黄祥南讲，黄祥南说：“有证据吗？”

“还没有，先把他抓起来审问，让他坐坐老虎凳，不怕他不招。”沙仁虎说。

“没证据不行啊。他可是这里有名的医生，弄不好又会闹出上次请愿的事。多一事不如少一事，好事不如无啊。”黄祥南推搪着，他不知道沙仁虎已上演过“败走大环岭”的故事。

公局长不同意，沙仁虎也没办法，但他不死心，整天在转悠着，还在想着诡计。

陈庆桃久不久还会到三合窝买点东西，来了就会拉上黄祥南喝上两杯。这天，他又到了三合窝，依然和黄祥南会会面。

“公局长，去喝两杯吧。”陈庆桃热情地邀请着。

“好！老地方。”黄祥南答应着。

两人落座后，两碟小菜，一瓶小酒，就喝了起来。

一边喝酒，一边聊。三杯落肚后，黄祥南问：

“你那位老同学李癸泉怎么啦？”

“他人很好呀，每天都忙着为人治病。”

“叫他小心点哦，有人盯上他了。”黄祥南随口说道。

“他是个好人呀，医术又高，南二地都靠他医伤治病呢。还有人想害他？”

“难说呀，人心隔肚皮，还是小心点好，现在可是满城风雨呀。”

“说的也是，我很久没见过他了。”陈庆桃说。

说着说着，黄祥南就转换了话题。

两人又话话家常，说说乡情，就分手了。黄祥南自然回他的公局，干他的公务去了。

陈庆桃离开三合窝圩后，加快脚步往淡水沟方向赶去。为了快点到太平村，他总是抄小路走，过淡水沟时，裤腿都来不及卷起来就蹚过去。

他气喘吁吁地赶到太平村李癸泉家，一进门，就说：“嫂子好！癸泉呢？”

李癸泉的妻子说：“他到大仁堂给人看病去了。”

“哦，那我回去了。”陈庆桃说着，就离开李癸泉家。

陈庆桃没有回家，转身就往大仁堂走去。

陈庆桃大汗淋漓地赶到大仁堂，找到李瑞春。

“癸泉呢？在你家吗？”

“不在。怎么啦？”

“他妻子说在你们村给人治病。”

“可能是那个亚婆啦。”

说着，两人就一齐到村西寻李癸泉。

找到李癸泉的时候，他正在给一位亚婆敷药。等到敷完药，三人就回到李瑞春家。

一坐下来，陈庆桃就将从黄祥南那里听到的消息告诉两人。陈庆桃和李瑞春都感到事情严重，看来法当局要针对李癸泉动手了。出于安全考虑，两人就劝李癸泉避敌锋芒，想办法躲避一段时间，到南三去，或到更远的硇洲岛去。留得青山在，不愁没柴烧。

李癸泉抽着水烟筒，吐着烟气，神情自若地说：“敌人已经开始动手了。”他就将那天在大环岭遇到的事告诉两人。“小心一点就是了，我不能走。到这里隐蔽的同志需要我联系照顾，我们现在又和上级组织失去了联系，我一走，工作就更难开展了。再说，当初入党的时候，我们就宣誓‘做好党员，实行革命，为人民’。现在危险出现了，正需要我们站出来的时候，我却躲起来或逃跑，这有违初心啊，不行。”

李癸泉又用力抽了一口烟，吐出一缕长长的烟气后，坚定地说：“要告诉所有的同志，要坚定信心，也要注意安全，斗争要转入地下，暂时不要搞公开活动，以免引起敌人的注意。

我不能躲起来，更不能逃跑，躲起来了，敌人就认准你是共产党。再说，我们干革命，就不要怕牺牲，万一牺牲了，也是平常事。如果我被敌人抓起来，甚至被敌人砍头了，支部的工作你俩就要勇敢地负起责任来，继续领导同志们和敌人作坚决斗争，胜利一定属于我们。”

李癸泉脸色越来越严肃。今天他讲得很多，也讲得很动情，就像一位准备出征的战士那样，表现出视死如归的气概。

李癸泉态度如此坚决，两人也不好多说了。互相嘱咐“保重”之后，三人就告别分开回去了。

1929年初冬，苦楝树等树木已经开始落叶。稻田里的稻草早已晒干被搬回家里叠起来。鉴江开始瘦身了，河道变窄了，雁门飞雪的浪花已不高。高空中云层时不时变得浓浓的，阳光变得软软的，寒冬将要到了。

今天，李癸泉多穿了一件衣服，背起布袋子又出门了。

他准备去坡头圩，那里离得远，不知道隐蔽在坡头圩的同志们生活得怎么样，他要去看看。顺便和卢裕生见见面，让他组织好党小组的同志们，告诉大家，困难时期，更要坚定信心，灵活地和敌人斗争。

他走到埇尾垌渡口，坐船过了米稔江，穿过密密的大环岭，将到五角圩的时候，就见到沙仁虎和几个法国兵迎面走来。

李癸泉镇定地朝前走。沙仁虎见到了，就指着李癸泉对一个头目模样的人说：“长官，快抓住他！他就是南二的‘共党’头。”那个法军头目马上拿出手枪对着李癸泉，恶狠狠地说：“绑起来！送到西营去！”其他法国兵一拥而上，不由分说，架着李癸泉就往回走。

原来，沙仁虎一直在盯着李癸泉，早就想把他抓去请功。

他跟黄祥南说了之后，见黄祥南不为所动，暗地里骂黄祥南是胆小鬼，然后就偷偷跑到西营公使署向广州湾法当局报告，说李癸泉的种种“罪状”。法当局听了沙仁虎的报告以后，就立即命令麻斜中心兵营派兵跟着沙仁虎去南二抓李癸泉。真是冤家路窄，竟在五角圩这里就碰上了。抓到了李癸泉，沙仁虎扬扬得意，自以为立了一大功。他踢了李癸泉几脚，他们就押着李癸泉往西营走。

走出了坡头圩，往西拐，走了两个小时，就到了东营麻斜市。

麻斜属吴川县南一都，宋末元初张氏即在这里开村繁衍生息。麻斜临海，隔海和遂溪县海头汛相望。清朝的时候，朝廷在这儿设有炮台，但炮台只有一门炮，由附近村庄一个村民把守。这个炮台就像菜园子里的稻草人，吓人的，退潮时大炮还打不到水边。麻斜渡口倒是交通要冲，东来西往的人倒是不少。渡口岸边有一座建于元末的罗侯王庙，庙里供奉的是石城一家四代五人为征伐海盗而先后战死的英雄，史称“罗五节”。罗侯王庙香火鼎盛，前来朝拜的人络绎不绝。

法国人在南三广洲湾登陆后，在红坎岭建了南营，仍不满足，又渡过南三河占领麻斜，建东营，设麻斜市，修筑道路，倒是热闹一时。渐渐地，麻斜的名字不叫了，被“东营”之名代替了。直到五十多年后，“麻斜”之名才被恢复。这是后话，暂且不提。

法国兵押着李癸泉来到了麻斜中心兵营，歇了歇，就坐船到西营。上岸了，就把李癸泉推进离天主教堂不远的监狱。

西营是相对于麻斜的东营说的。1898年农历五月初一法国人越界攻打遂溪县境之海头地方并占领这一带后，就在这里建兵营，号称“西营”，并将行政中心也搬到这里来了。1900年（清光绪二十六年）12月，法国人就正式开建维多尔天主教堂，历经两年，宣告建成。这座哥特式的建筑物高24米，建筑面积达600平方米，在周边低矮的民房中可以说是鹤立鸡群。

教堂建好后，隔了三年，法国人又在教堂西边约一里的地方建设一个总监狱，名为收容所。这个总监狱占地面积5000平方米，内设监仓30间，可容纳在押人员800余名。监狱官由法国人担任，警卫和看守则多为越南人。西方文明人建的这个监狱，对“囚犯”却一点儿也不文明，监狱就像一个地狱，恐怖得很。在押的“囚犯”，通通被带上枷锁，遭受百般虐待则是家常便饭。警卫看守随手拿着鞭子，常常无故鞭打“囚犯”，“囚犯”稍有不满，看守则聚集过来齐齐殴打，打得你皮开肉绽，奄奄一息，重伤者因无药医治而身亡。警卫看守还趁机敲诈，填充腰包而自肥。法籍医生还随意将患病“人犯”实施手术试验，被害死的不在少数。民间有传说：“进入西营监狱，即使无死脱层皮。”可见这个监狱的厉害。1927年4月国民党反革命集团发动“四一二”反革命政变，屠杀共产党人和革命人士。法国广州湾当局紧密配合国民党反动派，把广东南路一批共产党员逮捕关押在这所监狱里。当年夏天，100多名“犯人”趁被押到监狱外池塘一带筑路的机会，突然袭击看守犯人的法国警察，逃跑躲避。法国总公使立即出动红带兵和蓝带兵追捕逃跑犯人。法兵开机枪扫射，数十人被当场打死，尸体横陈，血流成河，惨不堪言。

李癸泉被押进监狱，就感到里面暗暗的，阴森恐怖。两边不时传来看守的打骂声和犯人的哭喊声。李癸泉知道这是一个狼窝虎口，考验自己的时候到了。他稳定一下自己的情绪，决心坦然面对。

不多久，法国监狱官就开始提审李癸泉，沙仁虎像个哈巴狗一样站在旁边，他要指证李癸泉。

坐在正中的那个番鬼佬咕哩嘎啦了一阵，旁边的一个“师爷”就说：“长官问你叫什么名，职业是什么，为什么要搞共产党。你要从实招来。”

“我叫李癸泉，是个土医生。只会给人医伤医疮，其他都不会。”李癸泉沉着说。

“你就是共产党！你带刁民抗税！”沙仁虎跳出来指证说。

“那些不是‘刁民’，是渔民。他们不是抗税，是请愿取消船头税。最后，公使署不也同意取消船头税了吗？你怎么能把这些人都说成是共产党呢？”李癸泉反驳说。

“那次是不是你叫人在大环岭伏击我？”沙仁虎大声吼着。

“你真像一条癫狗在咬人！你是长官吗？你有权问我吗？”李癸泉反击说。

那个法国狱官大声地咕哩嘎啦了一句，脸露怒色，向沙仁虎瞟了一眼。

“长官说：‘闭嘴！’”“师爷”翻译着狱官的话，但不知道叫谁“闭嘴”。沙仁虎低下了头，不敢吭声。

接着，那个法国狱官又咕哩嘎啦了一阵。

“师爷”说：“李癸泉，长官问你，是不是你叫人伏击沙仁虎？从实招来！”

“不是。”李癸泉毫不迟疑地说，“他什么时候被打？我一直不知道呢。我和他从来没有交往，也不相识，只是有一次和他一起过渡去坡头圩。我进药店捡药、给人看病，然后，哪也不去就回家了，怎能去叫人打他？”

“你在前面走，为什么不抢劫你；我在后面，为什么抢劫我并打我？”沙仁虎忍不住又吼了。

李癸泉不作声。

法国狱官瞪了沙仁虎一眼，又咕哩嘎啦了几句。

“闭嘴！说！长官说。”“师爷”翻译着，并指指李癸泉。

“我是一个穷医生，没什么好抢的。至于他为什么被抢劫？我不知道。可能他是当大官的吧，有钱，到年关了，所以人家就打劫他吧。”李癸泉平静地回答。

这番鬼佬可能还未遇到过这么从容不迫的“犯人”，问不出个什么来，脸上挂不住了，大声地咕哩嘎啦着，然后手一挥，站了起来。

“大胆刁民，竟敢狡辩！拉下去教训教训！”“师爷”翻译完，就走来两个越南人，从两边架着李癸泉，推到刑房。

刑房里黑咕隆咚的，只有两边房檐下开着几个小小的窗眼，透进几缕亮光。进了刑房一会儿，才适应房里的黑暗，刑房四面摆满了刑具。

李癸泉被推到一根十字架形的木桩前。两个打手先把李癸泉的身子绑在木桩上，然后又把双手分别绑在横着的木条上。

一个打手说：“现在还有一个机会。招还是不招？不招，就尝尝‘血鳝’的滋味！”

“我没什么好招的。”李癸泉昂着头说。

“啪！”“啪！”“啪！”——“啊——”

一阵鞭子像雨点般落在李癸泉的身上，李癸泉长长地“啊——”了一声，就把牙关咬紧，眼睛紧紧地盯着两个打手。身上的衣衫，被不断的鞭子撕开了，露出了一条条血痕，就像一条条缠在身上的血鳝。

李癸泉的身子不自主地慢慢往前倾，脸变得苍白，衣衫透着血迹，脚周围已滴下了一圈血滴，但一句话也没有从他的嘴里说出。

两个打手打得也累了，停止了抽打。李癸泉早就晕过去了。

见问不出什么，打手就解开绳子，李癸泉随即瘫在地上。打手给李癸泉上了枷锁，就把他拖到监仓，扔在地上。

李癸泉的脑袋好像要裂开了，昏昏沉沉乱糟糟的。他好像坐在一艘舢板上，漂流在鉴江口外。雁门飞雪飞涌着浪花，南海波涛汹涌，小山般的浪头一个接着一个向舢板扑来。小舢板一会儿被抛到浪尖，一会儿又跌进浪谷，想伸手抓住船舷，可手总不听使唤。小舢板在摇晃着，在起伏着，危险极了。这时，他好像看到小衍章在海滩上奔跑，喊着："爸爸——爸爸——"他好像听到妻子在村外的丛林边喊着："癸泉，你在哪里——"

妻儿的呼喊，给了他极大的力量，他想高喊："我在这里——"突然，一个巨浪盖住了舢板，他猛地张开了眼。

"醒了！醒了！"耳边传来了声音。

几个人带着枷锁围在他的身边，还有人拿着东西擦着他的身子。

"这是什么地方？我睡了多久？"李癸泉问。

"这是西营监仓，你已经昏迷了一夜。"一个仓友说。

他想爬起来，一个给他擦身的人对他说："别动！你全身都被打伤了。"

这时，李癸泉才感到全身都火辣辣的，痛得厉害。

一个人给他端来一点水，扶着他的头喂给他。他真的好像一点气力也没有了，只能低低地说了几句"多谢！多谢！"

这个小小的监仓共囚了八个“囚犯”，有讲雷州话的、白话的，只有李癸泉一个人讲吴川话，个个都伤痕累累。他们对李癸泉非常关心，鼓励他坚强地活下去，勇敢地和番鬼佬斗争。

狱友们的鼓励，给了李癸泉坚强的力量。三天后，虽然动一下，那些伤痕还扯着痛。但李癸泉已能坐立起来了。

从交谈中，李癸泉知道这些狱友都是“政治犯”，或是犯了反法的罪，或是共产党的“嫌疑犯”，每个人都多次被“教训”。

几天之后，李癸泉又被拉出去，走到原来的地方。审问的还是那个番鬼佬，师爷还是那个师爷，只是旁边多了几个凶神恶煞的汉子，而沙仁虎则没有出现。

那个番鬼佬一拍桌子，就咕哩嘎啦起来。

“长官问你，在淡水沟袭击法军是不是你带的头？从实招来！否则，上次吃‘血鳝’，等一下吃‘馒头’。”师爷说。

“我整日行医，哪有时间去袭击法军？”李癸泉镇定地刚回答完，旁边就走过来一个汉子，照着他的肚子一拳就打过来，李癸泉倒退了几步，肚子里像翻江倒海般极端难受。他很快就站稳了脚步，怒视着那个打手。

“到公局请愿都是你带的头，袭击法军难道不是你带的头？”师爷转述着番鬼佬的话。

“你们说是我带的头，有证据吗？且我到坡头南三医治病人却是有证人。”李癸泉反驳着。

番鬼佬拿不出证据，旁边几个恶汉就围上来殴打李癸泉。带着枷锁的李癸泉躲无可躲，被打得吐着血，倒在地上。

李癸泉已说不出话，人也昏过去了。番鬼佬见审不下去，挥挥手，那几个打手就架起李癸泉，把他拖回监仓，朝里一扔，就锁门走了。

狱友们围了上来，擦拭着李癸泉身上的血迹，扶他起来，喂了点水。

过了大半天，李癸泉才悠悠地醒过来。

“番鬼佬为什么将你打得这么重？”

“番鬼佬就是一群恶鬼！”

“番鬼佬没人性，真可恶！”

狱友们义愤填膺，大家声讨着法国人。

“他们说我带头袭击法国兵，又拿不出证据，就打我，说是吃‘馒头’。”李癸泉喘着气说。

“法国鬼太坏了，该打！”一个狱友说。

“给我碰到了，我就带头打！”另一个狱友说。

“番鬼佬是不讲证据的，怀疑你就抓你，抓来就打，搞逼供。长桥码头那棵榕树吊死了一个法国鬼，不知怎么就说是我干的，抓我来这里就往死里打。他妈的，有朝一日我出去，抓住鬼子我也这样打！”一个仓友无比气愤地说。

说到法国鬼，狱友们个个摩拳擦掌，恨不得马上找到法国人揍上一顿。

李癸泉是个很有经验的骨伤科医生，他知道自己的内脏给打伤了，而且伤得很重。肋骨也给打断了两三根。平时自己给别人医治这个伤，都要很长时间，更何况现在没有药。自己是个医生也没有办法，后遗症必定是很严重的了。但自己是个共产党员，一定要坚持下去，一定要和鬼子斗争下去，决不能向敌人屈服，决不能暴露党的秘密，决不能承认自己带头袭击法国兵的事，哪怕是牺牲了，也在所不辞。他做好了把牢底坐穿、长期斗争的准备。

李癸泉静静地躺在监仓里，心里却想着很多很多。他想到了雁门飞雪的壮观，想到了南海波涛的汹涌澎湃。他想到了黄学增、陈信材等领导对自己的教导，想到了在书房里面向党旗宣誓的激动。他想到了法国人的横行霸道和尤坡雕们的残酷，想到了叔公和父老乡亲们期盼的眼神。他更坚定了自己的决心：一定要坚持住，活下去。他坚信，番鬼佬一定会被赶出去，革命一定会成功，人民一定能过上好日子。想到这，他又想到同志们，在南二南三隐蔽的同志们安全吗？他们的生活安排得妥当吗？他记挂着战友们，他们还好吗？他们现在在干什么？当然，他还想念着无怨无悔、辛勤劳作、肩挑全家生活重担的妻子，想念着他的爱子小衍章。

李癸泉记挂着同志们，同志们也想念着李癸泉。他们多番打听李癸泉的消息，在想着营救李癸泉的办法。

陈庆桃跟黄祥南喝酒的次数多了，在喝酒中，他大约知道李癸泉没有承认什么，法国人也拿不到什么证据。当然也知道李癸泉遭到法国鬼的毒打摧残，身受重伤。

党支部李瑞春、陈庆桃和几个小组长坐着渔船出海打鱼了。渔网撒下海了，但只是随波逐流地被船拖着走，因为船上的人正在开会，商议着如何营救李癸泉。渔船在海里一荡一荡地专门往没船的海面开去，哗啦啦的浪花声渲染着这特有的会场气氛。也不知漂荡了多远，网始终没拉起过一次，会议却作出了几项决定：第一，由沙干渗牵头，党员分头发动群众，特别是那些有伤病的村民，集体签名，要求释放李癸泉，因为他们等着李癸泉治病救人。第二，由陈庆桃牵头，六个党员议员分别联络其他议员签名，要求释放李癸泉。理由是李癸泉是本地名医，没犯什么罪，抓他证据不足，不释放会引起众怒。第三，陈庆桃继续做黄祥南的工作，争取他积极转述乡民和议员的意见，出面担保，让法当局释放李癸泉。

渔船调转船头往回开，拉网才正式开始。不久，渔船终于靠岸了，大家马上回去分头行动。

沙干渗和支部人员，在晚上偷偷地分头找到那些有伤的人和被李癸泉治好的人聊天。一说到李癸泉被囚禁折磨的事情，四叔四婶就泪流满面。“这些该死的番鬼佬，天黑黑一出来雷就劈死他们！”四婶大声地骂着。说到要签名向公局请愿，要求释放李癸泉回来给大家治病，四婶就说：“签！我不会写字，你们帮我写上，我按手印，按十个都行。”就这样，一夜之间，几张纸都签满了，一个个红色的手印，格外醒目。最后，沙干渗就带着这些人一起拿着签名状，到三合窝公局请愿。

那六个党员议员则分头联络其他议员，说李癸泉无辜被囚禁，请大家签名，要求无罪释放李癸泉，让他回来为老百姓治病。陈庆桃每到一个议员家，就反反复复地说，喉咙都沙哑了。

同时，陈庆桃天天跑到公局做黄祥南的思想工作，要求他积极向法国广州湾当局反映民众和议员的意见，尽快释放李癸泉医生以顺民意。

黄祥南算是个开明人士，长期受陈庆桃的影响，也想为当地做些好事。于是拿着民众和议员的签名状，亲自跑到西营找到师爷，通过他向法国广州湾的头头力陈李癸泉在南二百姓中的影响，不放了他恐怕会引起民变。并反复说李癸泉是个好人，没犯过什么错。现在他有病在身，如不及时医治，病死在狱中那事情就闹大了。并表示自己愿意做担保人，释放他回家治病。

广州湾当局本来就没有什么证据证明李癸泉犯罪，只是听了沙仁虎一面之词。既然从李癸泉的口中得不到什么东西，也找不到什么证据，用严刑也不能让李癸泉屈服，现在李癸泉病得那么重，继续囚在监狱里也没什么用。于是，就做个顺水人情，以让回家养病为由，释放了李癸泉。这时候，已近年关。

走出监狱，李癸泉眼前一片光明。他猛地呼吸了几口空气，心情舒畅多了，便向东堤海边走去。

水涨起来了，海边泊着不少的船。出狱前，狱友知道他回家要乘船，就凑了几张越南币给他。他上了船，不久就到了东营渡口。

他的心早就飞回了家。但他身体极其虚弱，只好在路边树丛中捡来一条树枝，慢慢地拄着树枝，一步一踱地向坡头圩走去。差不多到了傍晚时分，才走到卢裕生的药铺。他走进铺店，卢裕生一见到他，马上扑过来抱住他，眼泪在眼眶里转。

李癸泉瘫在椅子上，说："渴死了，快给我一碗水。"

卢裕生急忙倒来一碗水，李癸泉二话不说，仰起头猛灌一通。

"饿死了，有番薯吗？"李癸泉不客气地说。

"就好就好。"卢裕生急忙走进厨房往灶里加了一把火，又出来扶着李癸泉走进房间躺下。

李癸泉躺在床上，喘着气，胸脯不断地起伏着。看着极端虚弱的战友，卢裕生说不出话来。

他回到厨房，揭开锅，将还在翻滚着的稀粥舀了大半碗，端了出来，再把粥倒一半在另一只碗里，然后不停地晃动着碗，用嘴不停地吹着稀粥。

他把这小半碗的稀粥端到床前，放在床沿，准备去洗一块菜头仔。但李癸泉端起粥就往嘴里倒。他实在太饿了。很快，还在晾着的那小半碗也如法炮制了。

吃了大半碗稀粥，李癸泉慢慢地有了点力气，人也没那么喘了。两人才开口说话。

“那些隐蔽的同志安全吗？同志们情况怎么样？……”李癸泉连珠炮似的将心中记挂的话倒了出来。

“目前形势很紧张，但同志们都很安全。同志们都是在下半夜去看望那些隐蔽的同志。”卢裕生简单地回答着，还讲了大家营救他的经过。听到这，李癸泉才明白法当局释放他的原因，他心里感激着。

“同志们的工作开展得怎么样？大家都好吗？”李癸泉关心地问。

“根据你的意见，大家都分散隐蔽起来，不进行公开活动。但是沙仁虎非常奸诈，以处理团练兵枪支的名义突然收缴了我们5支枪。另外，也给陈克九这个土匪头带人抢走了6支枪，好在没人伤亡。同志们都盼着你回来啊。其他的不多说了。你身体这么虚弱，今晚就在这里过夜了，明天再回去。”卢裕生说。

“那好。我也走不动了。你给我捡几味药吧，今晚我就要煮来喝。另外，还捡几副，我明天带回去。这次给番鬼佬打得可不轻呀。”李癸泉说。他要来一张纸，写出了一张方子，交给卢裕生。

“这仇我们一定会报！”卢裕生说完，就去捡药，然后熬药。

李癸泉服下药后，卢裕生就不多说话了，他让李癸泉早点休息。李癸泉也实在是累了，躺下就睡着了，一夜无话。

第二天天亮了，李癸泉就起来，经过一夜休息，精神好了很多。吃过早饭，他就要告别卢裕生回家。卢裕生将自己的一件衣服披在他的身上，见他身体这么虚弱，不放心他一个人走，就叫药店一个伙计陪着他走。李癸泉拖着病体，在药店伙计的陪同下，慢慢地往家乡走去。

走五角圩，奔大环岭，过埇尾渡……走走歇歇，前面的路还有点儿长。

养病的日子里

到家了。

眼前的一切还是那么熟悉，虽然很久没见过了。小衍章扑到他的怀里，喊着“爸爸！爸爸！”妻子含着眼泪微微地笑着。一家子久别重逢，就像是做梦一样。妻子赶忙端来一碗水，扶着他坐下。药店小伙计则告辞李癸泉，回坡头圩去了。

走了大半天，李癸泉累了，也饿了，见到桌面上竹兜里的番薯，抓着一个就吃。他打开瓦锅想舀点米汤喝，但锅是空的。

“怎么没煮粥？”李癸泉问。

妻子没吭声，小衍章说：“家里早就没米了。”

听了儿子的话，他心里明白，自己坐牢了，一家子生活就更加难了。他默默地摸着儿子的头，看着妻子，说：“难为你了。”

妻子鼻子一酸，点点头又摇摇头，一句话也没说。

李癸泉回来了，消息传开，左邻右舍都来看望他。战友们也来看他了，有的还带来了几斤米、半袋番薯、自己种的瓜菜。见到李癸泉瘦了一大圈，面容憔悴，交谈中还知道他被打伤，就劝他好好休息，养好病。

他实在出不了门，只能在家里养伤。吃完从卢裕生那里带回的药，就没钱去捡药了，只能拖着病体外出找些草药吃着。

好多天没见李癸泉去捡药，卢裕生就照着原来的方子，捡了几副药，亲自送来了。

“你怎么不去捡药了？”一进门，卢裕生就问。

“谢谢！我好得差不多了，不需要捡药了。”李癸泉解释说。

“好得这么快？别骗我。”

“我是医生啊，怎么会骗人？放心吧。”

“你还是一副病容啊，看来伤还未完全好。除了吃药，要增加一点营养啊。”

听着两人的对话，李癸泉的妻子苦笑着。

“你快回去吧，店铺离不开你。”李癸泉说。

“好的。你要快点好起来啊。”卢裕生说完，放下药就告别了。

卢裕生一走，李癸泉的妻子就说：“癸泉啊，裕生说得对。你这次伤得这么重，是要好好吃药，还要吃饱增加点营养。”

“我是医生我知道。可没钱啊。”对着妻子，李癸泉实话实说。

李癸泉妻子沉默了一会儿，抽泣着说：“你伤得这么重，我心疼啊。埋在床底下的瓦罐里不是还有点钱吗？借一点救急，将来再还行不行？”

“不行！那是革命的经费，来之不易，一点儿也不能动，甚至我还要用生命去保护它。”李癸泉斩钉截铁地说。

妻子知道他的性格，不好开口了。革命事业比这个家还重要啊。这几年来，光是接待来来往往的同志，家里的粮食就用去了不少。革命的经费不能随便用，革命人就要廉洁奉公。这个道理她懂，因为平时李癸泉就给她讲过多次。但现在是治病啊。

面对着困境，李癸泉妻子只能另想办法了。她让丈夫安心在家里养病，她更勤奋地去赶海。

“靠山吃山靠海吃海”啊。过去白天潮水退了，她才去赶小海。现在晚上潮水退了，她也去赶小海。或者到海滩泥涖里挖螺挖泥丁，或者下海摸摸鱼摸摸虾，或者到海边的沙滩上耙耙小虾掘掘沙虫。大海是丰富的，只要你足够勤奋，总会有收获的。妻子加倍努力，也获得了加倍的回报。这样，一是给丈夫增加了点营养，二是还可以拿一部分去换点粮食。

“你捡这么多葭丁子回来干什么？”今天李癸泉见到妻子赶海回来，除了小鱼小虾海螺之类的海产品之外，还提回来一小箩筐葭丁子，感到奇怪，就开口问。

“捡回来吃呀。”妻子说。

李癸泉在养伤，干不了活，家里的粮食本就紧张，再加上身体虚弱，没有大鱼大肉吃，起码也要有碗稀粥吃吧，但这稀粥也难得啊。他妻子在葭丁林里挖泥钉的时候，发现葭丁林里结了很多葭丁子，就想，听说葭丁子可以吃，不如捡些回去，填填自己的肚子也好。所以今天就带着一个小箩筐来捡了一箩筐葭丁子，准备回去后，自己兼着吃葭丁子，节省点米，让丈夫吃上一碗稀粥。

葭丁子扁扁的，大小不一，大的有脚拇指那么大。每个都像花生那样有条小杠杠连着树枝丫。晒干后，把它的皮去掉，里面就是两个半边合成的葭丁仁。葭丁子味道有点凉苦，要吃它，煮前就得提早半天用水泡它，退去它的苦味。李癸泉妻子回到家，就把葭丁子摊在屋前的空地上晒，日后，这葭丁子就陪着她度日了。

妻子不分日夜去赶海，现在还用葭丁子来充饥，李癸泉看在眼里，痛在心上。

内脏被打伤，肋骨又被打断，这个伤病真的要好长时间才能治好。李癸泉急也急不来，只能在家里养着。

妻子想借钱的话，引起了他内心的警戒。共产党人要公私分明，清廉做人做事，全心全意为党为百姓服务。我们为解放人民而闹革命，头可断，血可流，但公家的钱私人决不能动，哪怕以“借”的名义。于是，他想到了埋在床底下的瓦罐，罐子里的那些钱都是革命的经费，每一分钱都来之不易。我们要清清楚楚地管理它、使用它。想到这，他就提起毛笔，认认真真写起《渔、农协会收支结算清单》：

渔民协会收来渔船银983元

同志和民众献捐银329元

渔民协会收来渔船银1075元

农民协会收来银96.3元

坡塘农会董鸿元党组长交来银30元

……

支去买钢铁做枪银200元

支去买木做枪床银34元

支去买短枪二支银45元

支去买药做子弹银164元

支去上交南路农军银300元

支去张胜、康耀湖带银上交南路特委375元

……

收和支有好几十项，他一项一项写得清清楚楚。清单写好后，他又再三核查回忆，确认没错漏之后，才郑重其事地签上自己的姓名，然后请来陈庆桃、梁辑伍、钟炳南、谢玉祥和冯福元来审核签名确认。最后就放进床底下的那个瓦罐里。

最近几年，在李癸泉一生中，时间虽然还不长，但却是他人生中最有意义的几年。几年的风云激荡，使他成为一个完全崭新的人，一个懂得爱、明白恨的人，一个站得高、看得远的人。现在，被迫待在家里，有了时间，他又提起笔，记录下这几年不平凡的经历。那一手秀气的行书，写得龙飞凤舞。他从到黄坡参加游行写起，写到台风之夜黄学增等来访，书房盟誓入党，成立农协会、渔协会，大游行，逼迫法当局取消船头税，打番鬼，打尤坡雕，掩护同志们隐蔽，一直写到被抓坐牢，洋洋几千字。这字里行间，有兴奋，有激动，有喜悦，有愤怒，有感慨，有亲人的爱，有革命的情，还有着血与火的流光。它不是流水账式的无聊日记，也不是充满文艺色彩的散文小说，也不是政论家的宏篇大论，而是南二风云突起的真真实实的历史记录，甚至把它称为红色的史册也不为过。书写史册

的人，就是共产党人李癸泉。于是，写完之后，李癸泉就把这些真实的记录装订成册，取名为《李癸泉手册》。

为了安全起见，他把这本《李癸泉手册》连同《渔、农协会收支结算清单》一起，放在他自小就十分珍爱的一个小铜盒子里，然后撬开半块泥砖，把盒子小心翼翼地放进墙壁里，再将那半块泥砖削小，堵上去，糊好。泥浆干了之后，一般人就看不出了。直到五十六年后，这两本小册子才与世人见面。这是后话。

寻找与救援

漫长的冬天终于过去了，时间来到了1930年的春天。

村外沙丘上的树木吐出了一片片嫩叶，鉴江的水涨起来了。经过几个月的恢复，李癸泉表面的伤早就好了，断去的肋骨也已长合，只是内脏的受伤却给他留下了难以愈合的病根，他的身体还很虚弱，人也变得苍老了。但作为一名革命者，一息尚存，就要战斗。他拖着瘦弱的身子，背着那个布袋，又奔跑在南二南三的各个村庄。

形势依然紧张，南路的许多党组织被破坏后还不能恢复，国民党反动派对革命者的屠杀镇压也加大了力度，妄图“斩草除根”。一些党的干部被迫撤退到法租界坚持斗争。

和上级党组织失去联系，这是李癸泉最苦闷最艰难的事。每天出出进进，除了探望那些来南二隐蔽的同志，还千方百计和上级取得联系。为此，他走得更远了。他走到东营，走到西营，走到赤坎，多方打听着消息，但一点消息也没有。但李癸泉没有泄气，他坚信革命的火种不会熄灭，革命的高潮一定会重新掀起，党组织一定也在寻找着他们。

初冬了，天凉了，他又抱着希望往西营走。上了东堤码头，走到最热闹的贝丁街，无意间遇到了一个在石门文武庙会议上见过面的同志，这位同志奉命打进法公局做内线。李癸泉自然向他打听党组织的情况，这位同志告诉他，国民党吴川当局已经知道陈信材在硇洲领导渔民开展革命斗争，正与法租界当局勾结，密谋到硇洲岛逮捕陈信材，要快想办法通知他。

李癸泉知道，陈信材和李荣泰、冯福元到西营以卖咸鱼作掩护，两个多月后，终于联系到南路特委临时负责人彭中英。李荣泰和冯福元回来之后，陈信材和彭中英决定到香港找省委。此后的情况，他就不得而知了。

现在他听到敌人要到硇洲岛逮捕陈信材，心里又喜又忧又急。喜的是终于知道陈信材同志的下落了，忧的是陈信材面临着极大的危险，他急急忙忙回家。回到家后，已是傍晚了，他马上叫荣泰带上几个自卫队员，带上网具，连夜向硇洲岛赶去。

硇洲岛原为吴川县管辖，属吴川县南四都，法国人来了之后，和南一、南二、南三一样，被划入广州湾法租界。法国人登上硇洲岛的第二年，也就是1899年，建了一座导航灯塔，这是世界上仅有的两座水晶磨镜灯塔之一。硇洲岛海域是个天然渔场，海产极为丰富，每年南二南三的渔民都到硇洲东打鱼，一来就是十天半个月。南三人陈俊三还是硇洲商会的会长。

说起陈俊三，李癸泉对他很熟悉。陈俊三是南三岛田头村人，毕业于吴川川西高等小学堂，为人尚气节，明大义，有民族气节。早在前几年陈信材和他到南三岛开展革命活动时，就在田头村陈氏小宗和陈俊三见过多次面。这一次到硇洲岛，找到陈俊三就应该找到陈信材。

初冬的时节，天朗朗的，弯弯的娥眉月爬上来了，淡淡的月光照在海面上，船头碰撞激起的浪花水珠，就像无数飞溅的银珠。李癸泉他们无心顾及这些，趁着月光拼命地往前赶。淡水沟到硇洲岛的水路有七八十里，波翻浪涌，船颠簸得很厉害。李癸泉不断地催促大家快点划船，他恨不得身长双翼，马上飞到硇洲岛。但他顶不住了，他的身体本来就十分虚弱，这个船一会儿被抛到波峰，一会儿又跌入浪谷，他肚子里也在翻江倒海，他趴在船舷上，狂吐不止。但他管不了这么多了，口里不停地喊“快！快！快！”

硇洲灯塔的灯光在那里闪烁，下半夜，船终于进入硇洲渔港。

李癸泉在荣泰的搀扶下上了岸。经过打听，他敲开了陈俊三家的门。大家是老相识，见到陈俊三，李癸泉也不客套，急着问陈信材的住处。

在陈俊三的带领下，他终于见到了分别多时的陈信材和彭中英。久别重逢，本有一肚子的话要说，但李癸泉什么都顾不上说，急着把敌人要抓他俩的消息告诉陈信材和彭中英。听到这个消息，两人一点也不慌张，这种突然而来的危险情况对他们来说已成家常便饭。既然敌人已经盯上了，大家的意见倒是让他俩尽快转移，因为硇洲岛太小，回旋的余地不大。

“明天我们有一艘船运鱼汁到赤坎卖，两位不如坐这艘船先到赤坎再做打算，或者迟些再回来也可以。”陈俊三建议。

“这个办法可行，就这么办。”陈信材很干脆地说。

“事不宜迟。我现在就去叫伙计们做准备，早点吃饭，天亮前开船。”陈俊三说。

“我们也马上离开这里，先上李癸泉的船，出发时再回到俊三的船。”陈信材果断地说。

陈信材两人也没有什么东西好收拾，随着李癸泉回到了船上。坐在船上，陈信材和李癸泉才说上别后的话。

原来，陈信材以“卖猪仔”（即卖身当劳工）的方式去了香港，想在那里找到省委。但人生地不熟，奔走多日也找不到省委的联络地点。彷徨无计的时候，与同样来香港找省委的卢宝炫相遇。卢宝炫向他介绍了硇洲岛渔民的情况，那里很需要党的领导，建议他回到硇洲岛领导渔民开展革命工作。最后，他听从卢宝炫的意见，两个人乘船回到了硇洲岛。想不到一上岛，就遇到了陈俊三，很多生活的问题就好办了。不久，卢宝炫回了家乡东兴，彭中英则来到了硇洲岛，两人携手在硇洲岛积极开展渔民的工作。

硇洲岛很多人耕海，却无力购买渔船网具，只能和渔业主和渔栏资本家打工，收入极低，生活很苦。

针对这种情况，彭中英和陈信材积极发动渔民群众，组织他们起来成立渔业工会，会员达900多人，跟渔业主和资本家斗争，要求提高工资。

渔业主不答应后，彭中英和陈信材就组织会员罢工，商会会长陈俊三大力支持，借了几十包大米给罢工渔民维持生活。经一个多月的斗争，渔业主和资本家不得不答应了渔民的要求，罢工取得了胜利。

一些小渔业主和小生产者，平时也受渔霸压迫剥削，看见渔业工会罢工取得胜利，也纷纷要求加入工会。为了团结大多数人，彭中英和陈信材答应了这些人入会的要求，并且把渔业工会改为渔民协会，会员增加到1200人。

彭中英、陈信材在硇洲岛的革命活动引起了国民党吴川政府的注意，于是就有了国民党与法国广州湾公局勾结，密谋追捕彭中英和陈信材的事。

陈信材还告诉他一个悲痛的消息，那就是引领他走上革命道路的黄学增同志，不幸在去年七月中旬，因叛徒告密在海口被敌人逮捕。黄学增同志坚贞不屈，于同月底在海口红坎坡英勇就义。

这个迟来的噩耗，犹如晴天霹雳，狠狠地击打在李癸泉的心里，他感到无比悲痛，眼泪像小溪一样淌下。

“癸泉同志，革命总是要做出牺牲的。我们要继承先烈的遗志，将革命进行到底。你的工作已经做得很好，同志们在你们那里隐蔽得很好，保存了革命的力量，为党做出了贡献。你被敌人逮捕，经受住了考验，表现了共产党人坚贞不屈的精神，这些我们都知道。你受了伤，身体虚弱，要多多保重自己。回去以后，告诉同志们，继续分散隐蔽，保持初心，坚定信念，继续奋斗，胜利必定到来！”陈信材最后总结了几句，既有表扬，也有鼓励。

“我们会的，同志们都在艰苦地奋斗着。”李癸泉听了陈信材的话，心里很激动，好像表决心一样回答说。

天还没亮，岸边的蛋家船刚冒起晨烟，陈俊三的船就起锚张帆了，陈俊三今天要亲自送货。彭中英和陈信材从李癸泉的船过到了陈信三的船，两艘船就起航了。顺风顺水地行驶了十里八里的时候，远远看见一艘机船“哒哒”地朝硇洲岛开来。

见到那艘机船驶向硇洲岛，李癸泉就知道，那是国民党吴川当局和法国广州湾当局去抓捕彭中英和陈信材了。两船相向而行，距离越来越远，李癸泉一颗悬着的心暂时落下来了。

回来时风浪好像变小了，顺风顺水，帆船直向淡水沟驶去。

回到淡水沟，李癸泉马上通知党支部委员和小组长到亚婆庙外的丛林处集中，然后上船，扮作出海打鱼的样子，在海上开会。他在会上向大家报告了这次硇洲之行，也讲述了他这段时间寻找上级党组织的情况。

最后他说：“陈信材同志充分肯定了我们的工作，我们最大的成绩就是利用好法租界这个特殊环境，减少了损失，保存了党的力量。他要求我们坚定信念，继续奋斗。目前要继续分散隐蔽，保存力量。”

接着，大家针对当前和上级失去联系、白色恐怖严重的情况，根据陈信材同志的意见，研究了当前的工作。决定联络站成员分散隐蔽，全体党员化整为零，以各种灵活的方式坚持开展地下斗争，坚强地度过这白色恐怖的时期。会议结束之后，大家回去分头执行会议的决定。

船靠岸了，大家分散离开。李癸泉拖着疲惫的身躯，慢慢地走回家。吃完晚饭，不再到书房，倒在床上就睡。

三合窝杀虎

第二天早晨，十一岁的小衍章哭着跑去拍打李荣泰的门，说："伯伯快开门！我爸爸跌倒了。"李荣泰听到侄儿的叫声，来不及穿衣服，只穿着一件裤头就开门出来。衍章拉着他跑到天井。

只见李癸泉倒在水缸旁边，口盅滚到一边。只见他脸色苍白，双眼紧闭，已不省人事。衍章的妈妈正把他的头扶起来，哭喊道："癸泉！醒醒，别吓我！"接着，就放声哭起来。

李荣泰急忙蹲下，把弟弟扶起来，将他的手臂搭在自己的肩上，一步步搀着他回房间，扶着他躺下。然后掐他的人中，揉着他的手和胸脯，慢慢地，李癸泉睁开了眼睛。衍章妈妈急忙端来半碗水，用汤匙舀着喂进李癸泉的口。

“没事，有点累，睡一会儿就好。”李癸泉声音微弱地说，然后又闭上眼睛，缓慢地舒着气。衍章妈妈给他盖上被子，就出去想给他煮点粥，李荣泰也跟着退出去，衍章则守在床前。

“你弟这是给番鬼佬打后留下的病根。他的外伤和肋骨早就好了，就是内脏一直没治好。没钱治，也没东西吃。”衍章妈流着泪说。

“他也太累了。日夜奔波，没歇过，这次去硇洲，吐了一路，我看了心疼啊！”李荣泰叹了一口气说。

“他就是把革命看得比自己的命还重要。”衍章妈说。

“伯伯，爸爸喊你。”小衍章跑出来说。

李荣泰又进了弟弟的房间。

“你去找李瑞春同志，叫他和你一起去，看看各个小组对昨天会议的决定执行得怎么样。我们要认真保存好革命的力量，我们的同志都是党的宝贝啊。我的身体没事，你就不要告诉他我病了，免得他担心。”李癸泉喘着气说。

“我也去，我已经长大了。”小衍章坚定地说。

李癸泉摸摸衍章的头，对荣泰说：“也好，带他去锻炼锻炼吧。”

“好的，你好好休息，养好身子要紧，工作大家来做。”荣泰说完，就牵着侄儿出去了。

病来如山倒。跌了这一跤，李癸泉整整躺了七天，人也瘦了一圈，脸色黄黄的，好像老了几岁。今天，他下了床，慢慢地踱到书房，两三丈的距离让他冒了一头汗。

“衍章，你去请伯伯过来吧。”李癸泉轻轻地对儿子说。

“好的，我就去。”衍章说。

一会儿，荣泰来到了书房，说："今天好点了吗？"

"好点了，就是虚弱，慢慢会好起来的。各小组都分散隐蔽了吗？"李癸泉问。

"各小组的动作都好快，没什么问题。你放心好了。"荣泰回答说。

"那就好，那就好。非常时期啊。唉，偏偏我的身子不好。"李癸泉叹着。

两兄弟正说着，陈庆桃来了。他提着半袋米，还有几个鸡蛋。一进门，就说："老同学，你病了瞒谁也不要瞒我呀，我们同学一场。那天开会看你的脸色，就知道你的身体吃不消了，没想到这么严重。要保重啊！"

"没事的，这不是好了吗？年纪大了，一点风浪也经不起啊。不过，硇洲那边的风浪实在大。同志们的情况怎么样了？我挂着大家啊。"李癸泉问。

"我们的动作快，隐蔽得很好。你放心养病就好了。不过，'杀人虎'那个东西很可恶，带着蓝带兵到处晃荡。"陈庆桃说。

"这个东西坏得很。先让他嚣张几天，再想想办法治治他。你找个人，注意'沙仁虎'平时都喜欢干些什么。再想办法对付他。"

"好的。我看这个任务交给大埔天后宫的庙祝公合适，公局离天后宫不远。他也是联络站成员。"

两个老同学聊了一会儿，李癸泉就说："谢谢你了，你先回去吧。白色恐怖时期，请同志们不要到这儿来，免得引起敌人的注意。"

"好的，我先走了，多多保重！"说完，陈庆桃离开了。

李癸泉不能背着布袋出去，心情不是很好，有时候有人上门来让他看看病，才能解解闷。

陈庆桃离开几天后，今天他又提着几颗大白菜来了。

“今天身体好点了吗？送几颗大白菜给你，自己种的。”

“谢谢你啊！总挂着我。”

“别客气了，老同学。几颗菜而已。你交代的事有眉目了。”

接着，陈庆桃就讲起打听沙仁虎的事。

“昨天我假装去天后宫拜圣母，找到庙祝公，想请他注意沙仁虎的情况。他脱口而出‘沙仁虎喜欢钓鱼啊，经常在下午放工的时候，到公局外面海边的水闸那里钓鱼。’”陈庆桃说。

“好呀！稳坐钓鱼台啊。”李癸泉笑笑说，“就在那里。”李癸泉做了个抹掉的手势。

陈庆桃走后，李癸泉叫李荣泰去找李瑞春再到实地看看，然后兵分三路，如此如此。

两天后的下午，有一个人来到了天后宫，然后下到葭丁林里挖螺，他朝着水闸方向挖去，越挖越远。

一艘小渔船载着两个人，一个下钓，一个摇橹，慢慢地从南三河口摇上来。

傍晚，晚霞映照在三合窝口的水面上，金光闪闪的，很有诗情画意。

大概放工了吧，只见沙仁虎提着一条钓竿，背着一个鱼篓，朝水闸走来。面对晚霞，他心情似乎很好，口中还哼着什么歌儿。他在水闸上面坐下来，然后上饵，抛钓，盘着双脚，专心致志地看着水面，等着鱼儿上钩。不一会儿，钓线猛地一紧，鱼吃饵了，他很有经验地一提钓竿，一条鱼儿挣扎着离开了水面，是一条黄脚鲢。他熟练地把鱼儿脱钩，放进篓里，又继续上饵，抛钓。

太阳渐渐落到山下了，仅存的一点霞光也将隐入西天。水闸周围静悄悄的，半个人影也没有，只有沙仁虎在垂钓。他钓得正高兴，篓里已有十来条鱼了。他想，今晚可以美美地喝上两杯了。

这时，那艘小渔船已摇到水闸外，那个垂钓的放开嗓子唱着鬼仔戏《梅良玉中状元》的选段："人逢喜事精神爽，金街巡游乐心肠。三军同我金街往，马儿无走哪一桩？"

听到船儿传来了鬼仔戏唱腔，那个挖螺的从葭丁林里钻了出来，悄悄地走上水闸，一露头，就向沙仁虎冲过去。

沙仁虎刚转头，还来不及出声，那个人双掌齐出，将沙仁虎打下水去，跟着跳下水。

说时迟那时快，水闸里早候着一个人，和跳下水的那个人一起，用力地把沙仁虎往水里按。沙仁虎拼命地挣扎，双手"啪啪"地乱拍着水。他越挣扎，那两个人越用力往下按。不大一会儿，沙仁虎终于停止了挣扎，身子慢慢地软了。

天已经黑了，这两人松开沙仁虎的尸体，然后潜下水，向小渔船游去。两人上了船，小船就迎着星星悠然地消失在夜幕笼罩着的大海中。沙仁虎的尸体，则随波逐流，向南三河出海口流去，最后埋葬在无边无际的南海中。

几天后，三合窝圩流传着沙仁虎钓到了一条大鲨鱼，来不及撒手，就被鲨鱼拖下海吞进了肚子。又传说沙仁虎被三合窝的水鬼拖下水吸干了血吃掉了。

又见陈信材

已经到了季冬，李癸泉觉得这个冬天特别冷，把所有的衣服穿上仍然抵不住寒冷，只好待在家里。太阳极少出来，天阴阴的，不时还细雨霏霏。年又到了，村子里时不时传来短短的“噼啪”的爆竹声。

1931年的春天终于到了。

乍暖还寒，直到清明前后，李癸泉才又背起布袋走动，虽然健康状况大不如前。

这天一早，外出玩耍的小衍章跑回来说：“爸爸，陈伯伯来啦！”

李癸泉急忙走出家门，只见彭中英和陈信材从村边走过来。三双手紧紧地握在一起，眼泪在李癸泉的眼眶里打转。

“两位领导好！安然无事吧？”李癸泉打着招呼。

“癸泉同志，你瘦多了。”陈信材说。

“水土不服啊，从硇洲回来后病了一场。没事了。”李癸泉幽默地说，然后带着他俩进到书房。

原来彭中英、陈信材从硇洲岛坐陈俊三的船出到赤坎后，就决定到徐闻上山打游击。但和上级党组织失去联系，他们很苦闷，决定继续寻找上级领导。他们先到淡水沟来看看，了解同志们隐蔽的情况，再和同志们商量下一步如何开展斗争。

“你们来得真及时啊。我们正等着你们的指示。”李癸泉真诚地说。一边说还一边咳着，忙叫妻子煮饭，安排两位领导住下。

看到李癸泉身体很不好，就不想增加他的麻烦，陈信材就说：“我们还是到其他地方去休息吧，不打扰你了。我们今天晚上开个会，认真地谈谈。”

“也好，那就到庆桃同志那里吧。”李癸泉说完，就带着他俩沿着鉴江边，在树丛中穿行，以免引起注意。

到了沙城村，进到陈庆桃家，同志相见，分外欣喜，几双大手，紧紧握在一起。

吃过午饭后，几个人商量一下，决定晚上开个支委会，地点定在林国藩的书房，同时派人到黄坡通知李子安、彭成贵、潘宏才也来参加。

晚上，大家都很激动，也很期待，已经很久没开过党的会议了。参加会议的人陆陆续续都到了，书房里的灯光已经亮起来。李癸泉吩咐陈庆桃派几个自卫队员暗地里在村子观察，发现有可疑的人进村就马上报告，要确保彭中英和陈信材同志的安全。

会议开始了，大家汇报了各小组的情况，然后研究了今后如何开展斗争。结合大家汇报的情况和讨论的意见，陈信材再一次表扬了淡水沟支部的工作。他说，在失去和上级党组织联系的情况下，在白色恐怖中，李癸泉和同志们坚定信念，坚持斗争，采取灵活的做法，利用法租界边缘地区的有利环境，先后接收几十位同志到来隐蔽，保存了党的力量，做出了贡献，很不容易啊。今后，党的工作要转入地下，但不能停止，要以群众组织的面目开展工作，展开斗争，在租界内领导群众进行反法斗争，将斗争推向新的高潮。

彭中英也作了发言。他表扬了淡水沟支部，也强调了在白色恐怖中要坚定信念，相信革命一定会成功。目前，要改变斗争的方式和对象，他指出，领导群众开展反法斗争应该是今后几年的工作重点，一定要抓准抓好。根据两位领导的意见，大家明确了方向，继续进行讨论，最后做出以下几点决定：

一、形势险恶。全体党员要保持初心，坚定信念。

二、今后工作保持单线联系。

三、暂时不以党的名义开展公开的活动，借助群众组织的名义开展斗争。

四、根据目前的形势和处于法租界的环境，今后的工作重点转移到领导群众进行抗法斗争。党支部要主动加入反法自救会，推动社会各种力量的联合，掀起抗法斗争的高潮，为广大劳动群众谋利益。

五、积蓄力量，等待时机，东山再起。

六、利用淡水沟有利的条件，坚守淡水沟阵地，继续做好到来隐蔽的同志的工作，保存革命的力量。

书房里的灯光似乎亮了一夜，这时，窗外传来了几次雄鸡的啼鸣，打破了乡村的寂静。各人虽一夜未眠，但看不出倦意，他们微笑着走出书房。外面一片漆黑，大家知道，这是黎明前的黑暗。他们分别离去，然后消失在黑暗之中。

彭中英和陈信材在沙城住了下来。他们有时和渔民一起坐船出海打鱼，有时扮成卖鱼的，到三合窝和坡头圩活动。还坐着渔船到南三岛去。一个月后，两人才办成商人的模样离开了淡水沟，继续寻找着上级党组织。

反法汇洪波

彭中英和陈信材离开后，大家就分头行动，发动群众开展反法斗争。这一次他们不但发动普通群众，还注意发动社会上有影响的士绅和民主人士，利用他们去影响群众。

南一南二南三人民苦于法国统治剥削很久了，对法国当局从心底里仇恨，群众心中早就积蓄着一团火，只要有一点儿火星，就会燃烧起熊熊烈火。经过广泛发动，特别是各地很多知名人士参加，1934年前后，各地群众抗法自救会就纷纷成立起来。

还是在大浦亚婆庙前，南二乾塘淡水沟片的各村代表又聚集在这个偏僻的地方，商议成立抗法自救会。李癸泉拖着病体，作为主持人早早就出现在这里。

人到齐了，李癸泉就站起来说：“各位父老乡亲，大家好！自光绪二十四年法国人强占我吴川、遂溪两县土地，偷换概念，将原来南三的‘广洲湾’的‘洲’字去掉三点水，化为‘广州湾租界’以来，法国人实行严酷的殖民统治，苛捐杂税，多如牛毛，我广州湾百姓如牛负重，苦不堪言。法国人不把我们当作人而当作牛当作马来对待。我们有得做，没得吃。这样的苦日子必须要结束。我们要活下去，不靠天不靠神鬼，要靠我们自己。前几年我们团结起来，取得了反抗增收船头税的胜利就是明证。法国人还在这里作威作福，对我们进行残酷的统治和压迫，今天我们要继续团结起来，自己救自己。所以，我们要成立一个组织，叫作‘群众抗法自救会’。大家意见怎么样？”

大家以热烈的掌声，认同李癸泉的发言，一致同意成立抗法自救会。

最后，经过讨论选举，李癸泉任会长，李瑞春、陈庆桃任副会长。

南二淡水沟乾塘一带群众抗法自救会成立之后，各村的代表回村子积极发动，群众纷纷加入自救会，入会的会员有一万多人。

南三的抗法自救会也在这前后成立，领导成员包括知名民主人士陈永祥和陈跃龙。

南二坡头片的抗法自救会则是在陈氏三甲祠堂成立的。

陈氏三甲祠堂向来就是抗法的指挥部。光绪二十四年法国人在南三广州湾登陆后，抗法义士就在这里商议抗法的大计。由于法军向吴川、遂溪两县不断推进，清政府节节退让，陈跃龙、陈竹轩等串联高、雷两府各界人士在三甲祠开会，在这里起草了《大清广东高雷两府人民公启》，这篇文章至今还悬挂在祠堂的墙壁上。其文曰：

大清广东高雷两府人民公启

尝闻地球各国，莫不奉公法为依归。原以公法者，为公理公义所出，公论所定也。今法人欺我大清国仁柔，无端要挟，强占我高州府属吴川县界之广洲湾，为泊船趸煤之所。我大皇帝柔远为怀，俯从其请。法人自宜感念中国，愈敦友谊，乃竟于五月初一日，越界至雷州府属遂溪县境之海头地方，占据炮台，百姓庐舍坟墓，惨遭毁挖。乡民以理阻止，致被枪毙人命。自此以后，入村捉人，肆行无忌。五月二十四日又逞凶炮毙六十余人。九月初七日，复炮毙吴那立等人命，炮伤男女三十余人。初十日被焚草屋四百余间，炸毁瓦屋三百余座，又毙老民老妇二命。海头既受寄若此，又到硇州肆行骚扰。津前村任姓女，年方十六，母女伶丁。因法兵入屋，其母向前庇护，辄被打伤头额。如此之事，不一而足。又霸占民居，捉民作苦工。呜呼，乡民无辜，遭此焚杀，惨不可言。我高雷两府数十万人，若动公愤，与之决战，岂不能抗拒法兵。无如官技保护西人，不肯任民施为。我百姓沐国家二百余年深厚之泽，不敢轻动，以贻国家之患。隐忍至今，未伤法人一草一木。乃法人不知悔悟，犹思逞毒不已。试问环球万国，有此无理无法之事否。现在细民沥禀上宪，据情奏明，吁请大皇帝谕总理衙门，请英俄德美日诸大国公使，按照万国公法，与法人评论。尚不知能俯从民请否。用特沥诉，传布中外。想各大国素重公法，与我中国久敦和好，必能秉公论断，务令法人退出强占海头硇州各处之地，赔偿人命屋产。则我两郡人民，感戴各大国仁施，永不能忘矣。倘法人一味逞强，不循公理，不顾公义，不遵公谕。则直为无教化之国。我大皇帝即不与计较，想诸大国亦有公评。我两府百姓，誓不能甘心受此荼毒。为此布告中外主持公道之大君子，幸鉴谅焉。

光绪二十四年十二月高雷两府人民公启

《大清广东高雷两府人民公启》揭露了法国人的阴谋和罪行，号召两府人民同仇敌忾，使吴川、遂溪人民抗法斗争迅猛开展，收复了部分失地，迫使法国人缩小了租界范围。后来，文章转传到北京，1899年3月2日刊登在《清议报》第十九册全编卷十五上。

清宣统元年，也就是1909年7月14日，广州湾法国总公使在坡头圩总部举行占领广州湾10周年和庆祝法国国庆大会。总公使柯德马夫妇和各营官、各区公局长全部出席，红带兵、蓝带兵和绿衣兵分列两旁，会场内挂着三色旗，会场外准备了爬竹竿和打沙煲等辱华的节目。设在三甲祠内的抗法民团指挥部就组织民众将沙煲打烂，使沙煲内沾满屎尿的白鸽飞出，冲向主席台，民众则扯下三色旗擦屎尿。

民国元年，即1912年端午节，抗法民团又在三甲祠召开坡头农工商代表会议，决定于农历五月十四开始总罢市，驱逐广州湾总公署，迫使法当局于当年把总公署迁往西营。

现在，古老的三甲祠堂，又翻开了它抗法斗争史上光荣的新一页。

吴川三柏片也在三柏李氏大宗祠成立抗法自救会。三柏李氏是粤西名门望族，人口众多，入会的人数不少。

经几年的努力，各片的抗法自救会都有了很大的发展。

民国廿四年的春天按序到来，浓雾缭绕中，野花遍地开放。花生点下了，谷种播下了，清明还没到，但备耕已经开始。

李癸泉作为南二淡水沟和乾塘片的抗法自救会会长开始忙碌起来。他整天走南三，去坡头，要把各片的抗法力量联合起来。

这天，李癸泉坐船从石角渡过南三岛，先去田头村拜访抗法老英雄陈跃龙。

田头村真不小，他兜兜转转才来到坐落在村北的“陈氏小宗”。田头陈氏，来自南二乾塘村。乾塘建有“陈氏大宗”，田头的宗祠就称作“小宗”了。听说这“陈氏小宗”还是田头陈氏裔孙，明朝高、雷、廉三州总兵，精忠报国、义不事清，人称“安南王”的陈上川“奉金归本”，从今越南运回材料、金钱建起来的。连门额上那块“陈氏小宗”匾额都是陈上川在越南刻好运回来的。

李癸泉进入宗祠，说要找陈跃龙先生，在宗祠玩的小孩就跑去陈跃龙家，说有人找他。

陈跃龙穿着一件唐装土布衣服，龙行虎步地走到陈氏小宗。李癸泉来过陈氏小宗多次，和陈跃龙也算是老相识，大家互相仰慕。今天再次相见，自然十分欢喜。

陈跃龙生于同治二年，光绪十五年参加高州武试，高中第一名秀才。当年他在广洲湾口拉大网，目睹法国三艘军舰500号人在“靖海宫”前登陆，强占红坎岭建南营。他和霞瑶村文秀才陈竹轩愤而揭竿而起，带着1000多民众到南营示威，揭开了吴川遂溪人民反法斗争的序幕。说起当年的事，他不免感慨万千。现在李癸泉和他共商联合抗法的大事，正合他的心意。他二话不说，马上赞成。他说：“江山代有才人出。我老了，抗法斗争还要靠年轻人。南三有一青年俊杰，也是我们自救会的头领，他叫陈永祥，为人多才，有爱国志，你去找找他。”

“那好！老英雄多多保重，抗法大计还得您扛大旗啊。”李癸泉说罢，拱拱手，与陈跃龙告别。

出了村口，李癸泉就转头往西走。古之南三都共有十一个小海岛，包括为一道深水沟所隔的特呈岛。南三岛又以田头村西面的海湾为界，分为东水片和西水片。陈永祥是西水片凤辇村人。田头和凤辇之间隔着两道海湾，涨潮时有小艇摆渡，退潮时，人们涉水可过。

为了赶时间，到了田头滘（即海湾），李癸泉不等潮水退到最低位，卷起裤腿就往对岸赶，裤子全被弄湿了。到了凤辇滘，潮水退得差不多了，卷起裤腿就可以过了。凤辇村就在海湾岸上，海湾边建有很多盐田。李癸泉往右拐去，不多远，就到了凤辇村。凤辇村是清代吴川十大总兵之一陈绍的家乡，为剿灭海盗，陈绍身先士卒，战死在浙江黄岩县。村中有清廷为表彰陈绍而建的“宫保第”，就坐落于祠堂右边不远处。

李癸泉到了村口的祠堂，请人帮忙找到了陈永祥。只见陈永祥三十来岁，身体敦实，有书生气。

“我是南二淡水沟的李癸泉，经陈跃龙老先生介绍，特来拜访兄台。”李癸泉自我介绍说。

“欢迎欢迎！久仰李医生大名。当年你们举行示威游行，迫使法国广州湾当局取消船头税，真了不起啊！南三的渔民也因此受益不少。请坐请坐。”陈永祥接着说。

两人一见如故，很高兴地聊起来。

“南二南三都是伝人。我们被法国人剥削压迫太久了，也太苦了，我们一定要起来反抗。要反抗法国人统治，大家就要团结起来。俗话说，人多拾柴火就高。要和他们斗，不绞成一条索不行。因此，南二南三的抗法自救会就要联合起来。我建议成立南二南三人民抗法斗争委员会。”李癸泉将他的来意和盘托出。

“好啊！”陈永祥大声地说，“我早就有这个想法了。我坚决支持！我再和我们自救会的人商量，马上就把委员会成立起来。感谢你啊，李医生！你讲出了大家的心里话，带大家做大家想做的事。”

“那好。我回去顺便去坡头圩三甲祠和他们商量商量，把具体时间定下来。”李癸泉见事情顺利办成，心里十分高兴，站起来就想走。

“已经过午了，吃碗稀粥才走。”陈永祥挽留说。

“粥就不吃了，有番薯给两个就行，一边走一边吃。还要趁早赶到坡头圩呢。”李癸泉说。

见此，陈永祥也不挽留，回家拿来几个番薯，就带李癸泉走出村口，并叫李癸泉往西走，到巴东圩后，穿过木历下村，从五里岛新来村坐船到新场渡走，会近些。

李癸泉照着陈永祥指点的路径，过了木历滘，登上巴东岛，穿过木历上村的田地，不久就到了巴东圩的路口，然后往右转，从木历下村村边走过，再走五里路，就是五里岛，到新来村，不远就是新场渡口。坐船过去，就是新场村，离坡头圩不远了，熟头熟路，李癸泉加快了脚步。

到了坡头圩，李癸泉先去找卢裕生，然后一起去三甲祠堂。在此之前，卢裕生已做了很多工作。李癸泉进入三甲祠，受到热烈欢迎，大家简单地商量一下，很快就把事情定了下来。决定在清明前的圩日，在三甲祠这里召开三个自救会正副会长的会议，正式成立抗法斗争委员会。

农历三月初四是清明，清明前一个圩日是三月初一。

清明清明，未过清明天难晴。特别是海边的村子，雾气缠绕在丛林间，弥漫在村子里，难得一见太阳。一早，门外的地上，因一夜的雾水滋润，还是湿湿的，李癸泉背起布袋就出门了。

“癸泉叔，这么早出门，又去干什么嘞？”西边邻居三嫂说。

“去坡头圩趁圩啊，清明快到了，趁便捡些药。”李癸泉回答说。

“好嘞。趁阴行自在些。”三婶说。

“正是嘞。”李癸泉边回答边迈步往村外走去。

李癸泉的身体越来越差了，走起路来有点气喘，走不快，也走不远。太平村离坡头圩有二十七八里路，只能走走停停，不早赶不行啊。

李癸泉艰难地走着，到了埇尾渡口，船开出不多久，他就趁机坐在渡口的石头上歇歇。不久，渡船又返回了，他和四五个人上了船，大家和他亲热地打招呼。上岸了，大家纷纷往前赶，李癸泉只能慢慢地踱着。过了大环岭，到了五角圩，李癸泉走进一个小摊档，坐下来，找来水烟筒抽抽烟、喘喘气再走。

走过五角圩，不远就是坡头圩了。

坡头圩是广州湾最古老的集市之一。这里原是一片坡岭，地势开阔，没有住户。约在元末明初年间，乾塘三甲族人就在这里建祠堂祭奠祖宗。祠堂建得很有气势，高高的大门，门前用青石砌着三级长长的台阶。祠堂建好后，先是陈姓村人在祠堂周围设摊摆卖，后四周村民也到这里经营，这里逐渐成为集市，时人称它为“三甲圩”。三甲圩逐渐兴旺起来了，因为“九陈、一许、半边黄、一些莫”先后到这里经营。三甲圩后来改名为坡头圩。因此，历史上就有“先有三甲祠，后有坡头圩”的说法。圩期为一、四、七，一直延续至今。三甲祠是坡头圩最古老的建筑物，坐落在鱼街。大门挂着“颍水源开三鼎甲，乾塘派衍长宗支”的楹联，法国人在南三广洲湾登陆后，三甲祠就成了南二南三人民反抗法国侵略者斗争的指挥部。

李癸泉赶到坡头圩的时候，圩场里已是人头涌动。李癸泉没顾及市场上的物品，就直奔鱼街三甲祠。进到祠堂，李瑞春、林国藩早到了，陈永祥和陈跃龙也先后到了。

人到齐后，开始开会了，会议还是由李癸泉主持。

李癸泉站起来，走到挂有《大清广东高雷两府人民公启》一文的墙边，说：“三十多年前，法国鬼从南三广洲湾登陆，侵我国土，役我人民，罪恶累累，激起了我南三南二人民的反抗。抗法的前辈就在这里写下了这篇揭露法国侵略者的文章。当年第一个站起来反抗法国人侵略的老英雄陈跃龙老先生今天也参加会议，先请他给大家讲讲当年的情况。”

陈跃龙站起来，激动地说：“大家好！当年我正在广洲湾村坊外海洋面拉大网，法国三艘军舰气势汹汹地闯进来，把我的渔网也扯破了。然后放下舢板，将法国兵接下来，在靖海宫附近登陆。他们走到红坎岭砍树，围栅栏，建兵营。中华神圣国土，岂容番鬼佬肆意侵占？我便约了霞瑶村陈竹轩先生，叫了1000多名乡民去红坎岭示威，要他们滚回军舰去。但他们仗着有枪有炮，根本不理睬你，继续占地建营房，又到北崖头村建军港，过麻斜建东营，毁张氏祖坟，引起张魁开、张达令等数百人的强烈反抗。到五月初一又渡过麻斜海，到对面遂溪县海头汛杀人放火，更激起大家的义愤。说是租借广洲湾作‘停船趸煤之所’，却不等签约，又占南一南二和遂溪县的海头汛，野蛮胜过贼王。于是，大家集中在三甲祠商议抗法大计，在这里写下了这篇文章，寄到北京，登在《清议报》上。唉，往事历历，如在眼前。三十几年过去了，法国人变本加厉，不断扩大租界范围，无情奴役我人民。我们一定要继承前辈的斗争精神，团结起来反抗法国人的统治。”

陈跃龙话音刚落，掌声就响起来。

“老英雄说得好！我们要团结起来，统一行动，互相呼应，才能斗赢法国鬼。今天就是要研究团结抗法的事，要成立抗法斗争委员会，把南二南三坡头的抗法自救会都联合起来。大家意见怎么样？”李癸泉趁热打铁地说。

“我们十分赞同。我们南三自救会早就有了这个想法。”陈永祥说。

其他人也纷纷表示赞同。

下面自然就是确定机构人选的事。

“辛苦陈跃龙老英雄担任主任职务怎么样？他德高望重呀。”李癸泉真心实意地说。根据陈信材的意见，今后的斗争要以群众组织出面，陈跃龙虽年过古稀，但知名度高，由他担任主任职务很合适。

“主任还是由李医生担任为好。李医生品德高尚，为人信服。他领导淡水沟渔民协会示威请愿，迫使法国公使署取消船头税，这可是法国租界第一回呀。有他领导，我们放心。”陈跃龙由衷地说。看得出，他对李癸泉当年带领南二淡水沟渔民协会游行示威，迫使法国当局取消船头税这件事印象十分深刻。

陈跃龙一说，大家心服口服，一致要求李癸泉任主任。事已至此，李癸泉也不好推辞。主任定了，接着就是副主任人选的决定，陈跃龙和陈永祥这两位社会人士很自然成了副主任的人选，同时李瑞春、林国藩也当选副主任。南二南三坡头抗法委员会正式成立。

接着，大家研究近期的工作。经讨论，大家一致认为要进一步扩大抗法斗争的力量，发动更多的人加入组织，同时，要主动联系临近的陇水、莫村和与法国租界相邻的三柏村民众。特别是三柏村是大族大村庄，那里群众基础好，已成立了抗法自救会，我们要主动和他们联系，大家联合起来，拧成一股绳，共同开展反法斗争。

会议开得很顺利，也很成功。各人在三甲祠吃了一碗稀粥，就散会了。走出祠堂，圩也散场了，李癸泉空着两手，背起布袋，和李瑞春、林国藩回家了。

抗法委员会成立后，大家分头发动群众入会，会员很快发展到四五万人。

李癸泉出门的方向开始变了，他更多的是往黄坡和三柏方向走。

三柏村和南二相邻。据说三柏李氏是唐高祖李渊的后代，他们的开基始祖文庄公任职期满后，带着家人准备返回家乡，因台风阻隔，就暂时在吴阳住下来。文庄公有三个儿子，他便在这里亲手种下三株柏树，视荣枯以决定去留。后来这三株柏树都长得枝繁叶茂，于是这一大家子便在这里定居下来，并把这里叫作“三柏”。这一住，就是近八百年，人口繁衍到万余人。

三柏村姓李，三柏的大宗祠是李姓族人聚集议事的地方。李癸泉和李子安平时就没少来这里，和三柏族人很熟悉。年前这段时间，李癸泉又拉着李子安来到三柏。他将来意对自救会的人详细地讲述，得到了热烈的回应，大家决定联合起来，成立抗法指挥部。各人分头去做准备，待过完年，正月初五就举行成立大会。大家还研究了指挥部的人选。

大年到了，村庄洋溢着节日的气氛。最高兴的是小孩子，可以吃上一两天的干饭，还会有少少的压岁钱，虽然过了年又要交回到母亲的手中。哪家放爆仗，小孩子就会往哪跑，希望有脱落没点燃的单个爆仗。捡到后，就插在沙堆上，点燃香支，一只手掩着耳朵，侧着身子点燃爆仗。“啪”的一声响起，随着泥沙散开，一阵笑声也响起来，新年的气氛也更浓了。

正月初五，位于广州湾租界边沿的三柏村可热闹了。大宗祠前面，摆上了几个大狮鼓，几个青年使劲地擂起来，雄浑的鼓声在偌大的村子上空回荡着。雄狮舞起来，高跃低伏，活灵活现，引来了围观的村民阵阵喝彩声。一年到头，这应该是欢乐的高潮了。

阵阵喝彩声中，来了一批客人，他们就是南二南三坡头抗法委员会的领导人。

“亚叔亚伯，大家新年好！”李癸泉不断地抱拳作揖跟大家打招呼，然后和大家一起进入李氏大宗祠。他们今天是来参加抗法指挥部成立大会的。参加会议的还有各区乡村的首领。

因为在此前，经李癸泉多次联系，大家对很多问题都已形成共识，所以会议很快达成共识，选举陈宝华担任指挥部总指挥，李癸泉、李瑞春、林国藩、陈跃龙、陈永祥、陈俊三、陈梓材、陈文华、陈鸣周、陈文彪、李子安等为副总指挥。在共产党人的大力推动下，广州湾东岸的抗法力量终于实现了大联合，极大地增强了民众抗法的力量。这时候，李氏大宗祠前面广场爆仗声和锣鼓声震耳欲聋地响起来。

刚刚当选总指挥的陈宝华是南二米稔村人，法国人登陆广洲湾那年出生于一个贫苦农民家庭，读过私塾，12岁就辍学帮父母耕田种地，夜里跟师傅学功夫。后来，因家境贫穷，他跑去当兵了。因作战英勇，职务不断提升，最后当上十九路军的团长，参加了淞沪保卫战。因蒋介石与日本人签订了《淞沪停战协定》，他抛弃军职，回到吴川。经张炎将军推荐，他当上了吴川县县长。上任后，因释放了几名地下党员，被人告发，他在县长的位置上只坐了一个多月，就被撤职了。被撤职回家后，他积极参加抗法活动，得到了共产党组织的支持。现在大家又大力支持他出任抗法指挥部的总指挥，充分发挥了他的作用，这有利于团结更多的社会高层人士对抗法斗争的支持。

经过李癸泉等共产党人的大力推动，吴川人民抗法斗争的高潮正在蓄势到来。

法国当局的野心越来越大。两年前，法国当局以修公路为名，行扩大租界之实，派出测量队到三柏村北鞍坡强行测量和施工，想把公路绕三柏村背面而过，从海关楼直通高岭儿和三合窝，妄想把三柏圩、南路村、三柏村也纳入租界的范围。在遭到三柏村百姓的强烈反对后，暂时停止了施工。

但法国人野心不死，隔了一年，又开始修公路了，只是原被反对的那一段暂时不动工。要动工，就要有人干活，法国人又不想出钱请民工。于是，想出一妙招，颁布新法令，让老百姓无偿来修路。

正月过了，二月到了，正是青黄不接的时候，今年还闰了个三月，苦日子才开头呢。

这个时候，法国坡头行政委员殷多东正式宣布了一种新法，叫作《义务公役法》。这个法明确规定南二南三坡头所有十六岁至四十岁的男子，每个月要做四天修路的义务劳役，而且伙食和工具自带。如果不去，每人每天要缴交代役金“西币”四角。这个“西币”是本地人对西贡纸币的称呼。当时一元“西币”相当于二元七角毫银，四角“西币”等于一元零八分毫银。这种残酷野蛮的压迫剥削，就是法国人在安南（越南）征收人头税的做法。

这个《义务公役法》一出，就引起了一片反对之声。这几年老百姓因天灾人祸已痛苦不堪。连年五次大台风袭击，百姓生命财产损失严重。台风过后天大旱，农田失收，连南三的盐田也成为荒地，百姓靠吃葭丁子、树皮、海苔充饥，用渔网遮体，用蒲草御寒。法国当局不顾百姓死活，设立众多的税目加紧剥削。什么田亩税、盐田税、门牌税、市场税，以至于摆卖点零星鱼虾也收税。一间大点的商店每季要交几十元甚至过百元的“西币”门牌税。除了收税，还有罚款，猪狗跑到街上要罚款，门口有垃圾要罚款，甚至吵架也要对双方罚款。同时想着法子提高“西币”的币值，一担谷抵不上一元“西币”。现在，又出个《义务公役法》，怎能不激起百姓的愤怒？

这个《义务公役法》是殷多东通过召开议员会议宣布的，要议员回去告诉村民。

议员回去告知村民，大家沸反连天。抗法自救会就叫会员们回去本村发动村民，要议员去向广州湾法国当局请求收回《义务公役法》。在百姓的压力下，在议员回来的第三天，九个议员长带着几十个议员就去坡头委员署交涉，但法国官员不理不睬，殷多东连面也不给见。

又过了两天，两百多个议员相约跑到西营法国总公使署交涉。公使署俗称公使堂，位于长桥码头右边不远处，面向海湾，高两层半，基座被处理成半地下室，正面入口为八字形露天石砌阶梯直上首层，显示出一种高高在上的威严气势。

总公使柯德马是个三十多岁的人，长着满脸的胡子，性格暴躁。他听到外面很多人吵吵嚷嚷朝公使署走来，就跑到大门口张望。他见到一个人拿着一张纸，带着很多人准备上来，马上叫蓝带兵阻拦后面的人，只让那个拿着纸的议员上来。那个议员上到门口平台，向总公使柯德马讲明来意，并且把请求书递给他。柯德马一言不发，请求书也不接，一脚就把这个议员踢下阶梯。议员们愤怒了，纷纷交回议员牌，表示不干了。柯德马不接收议员的牌子，转身就进去了。议员们你看看我，我望望你，愣在那里。

第二天，议员们又到坡头委员署，这次见到了行政委员殷多东，并向他转达了村民的意见，要求收回《义务公役法》。

“这几年不是台风就是大旱，南三的盐田都成了荒田，百姓连三餐都没有，哪交得起代役金？”南三的议员说。

殷多东眼珠一转，做出很关心的样子，说：“民众很困难吗？交不起代役金？那我要亲自去调查调查，看看是不是这样。大家回去吧，等我的消息。”说完，做出一个“请”的手势。

“看来有希望了，今天没白来啊。”一个议员一走出大门就说。

“殷多东还不错，很客气。那个柯德马真他妈的，野蛮得很。”另一位议员说。

“很难说啊，是狗总改不了吃屎的本性。番鬼佬都是一样的德行。说不定笑面虎吃人更厉害嘞。”陈庆桃说。

不过，议员们离开委员署，很多人都觉得今天情况还好，至少见到了殷多东的面，也跟他说上了话，没给踢出门。

陈庆桃回去，马上找到李癸泉说了这几天与法国当局交涉的情况。

“法国人推行《义务公役法》的目的不会改变，殷多东可能比柯德马更狡猾，我们要做好准备。看来，靠议员去请求行不通了，法国当局根本不会睬你这班议员。”李癸泉思考了一下说。

“是呀，我也这么认为。说不定殷多东就是一个笑面虎，要吃人的。”陈庆桃说。

“我要去和指挥部的人商量商量了。看来要靠我们自救会的力量了，又要来一场像要求取消船头税那样的示威游行。”李癸泉说。

陈庆桃点点头，离开了。

今年农历三月是清明。清明前几天，双百长卢文廷找到殷多东，说：“长官不是要亲自去调查贱民们的生活吗？”

“是呀，什么时候去好？”殷多东问。

“嘻嘻，”卢文廷阴阴地笑了笑说，“在中国人的清明节去最好呀。”

殷多东呆了呆，说：“好呀！”说完，竖起大拇指。两人对望了一下，大声地笑了起来。

这个卢文廷是越南人，长得尖嘴猴腮，朝天鼻孔，左嘴边长着一撮胡子，所以民众以“一撮须”代称。“一撮须”的身份是法国国防军红带兵的双百长。法国驻广州湾的国防军是1899年从越南调过来的，士兵戴斗盔，穿尼布制服，每人还佩戴一条红布，红布从右肩斜挂到左腰，所以民众称他们为“红带兵”。广州湾红带兵职衔级别共有七级，俗称分别为四划、三划、二划、一划、百长、十长和五长，从每人上衣袖子就可以分辨出来。这个“一撮须”官不大，但一肚子坏水，平时作威作福，坏事干了不少，坡头圩的妇女不少都遭到他侮辱，南二南三的百姓说起他无不切齿。这不，今天，他又出毒点子了。

三月十四是清明，田野上，树林间，萦绕着雾气，周围不时已传来爆竹声。殷多东带着双百长卢文廷等几个随从，从新场渡坐船到南三“调查”来了。

“中国有句俗话，叫作‘眼见为实’。今天我就去亲眼看看，他们说那些贱民穷，没饭吃，是不是事实。”殷多东意味深长地微微笑了笑说。

“委员真高，实在是高！”卢文廷赶忙竖起手指头弯着腰说。

上了五里岛，殷多东和随从们就见到已经有一些人在荒野的坟头摆上鸡呀、鸭呀、鹅呀，还有少少的猪肉、鸭蛋、海螺，然后一家子在那里叩拜，烧纸钱，放爆仗。

“乡民的生活好呀！”殷多东说，“再去看看，眼见为实。”

他们继续往前走，过了五里岛，就是巴东岛。巴东圩窄窄的圩口挤满了来来往往的人，很热闹的样子。走出圩口的人，大多提着篮子，里面装着猪肉什么的。

圩口两边都有坟墓，有些坟墓已有人在叩拜，坟前也像在五里岛看见的那样，摆放着各种祭品，燃点着香烛，有的人家还面对着坟墓念着祝文（即祭文），焚烧纸钱和爆仗爆炸的烟气缭绕在坟墓的上空。

殷多东指着扫墓的人群说："南三人生活很好啊，又是鸡鸭又是鱼肉，吃的比我还好。那些议员说的都是假话。中国人都说'眼见为实'。今天要不亲自跑一趟，他妈的，就给骗了。回去回去，不用看了，抓紧推行《义务公役法》！"说完，带着随从转身依原路回去了。

第二天，殷多东就召集议员开会，把议员们骂得狗血淋头，说他们说假话，他亲眼看到村民的生活比他的还好。命令马上照《义务公役法》执行。满怀希望的议员们个个瞬间目瞪口呆了。

这个结果，抗法指挥部早就料到了。议员们回来将殷多东的话向大家说了之后，指挥部马上准备进行大规模的示威请愿斗争。指挥部发出指令：晚上以锣声和螺号声为号，一听到号声，各村庄就挨家挨户通知，第二天清早集合行动。

《义务公役法》正式施行了。议员们被殷多东骗了，纷纷"回牌"不干，蓝带兵就亲自出马，到处催收税款，对那些不去修路的追收代役金，不交就打。一时弄得鸡飞狗跳，怨声载道。

喋血“三月三”

1936年农历闰三月到了。初二，坡头圩有民众说，明天有100多名蓝带兵到南三田头村强行征税。于是群情激奋，决定行动，跟番鬼佬进行斗争。抗法指挥部通知南二、莫村、陇水和三柏的自救会做好准备，响应支持。当晚，敲锣吹螺号，坡头各村庄纷纷鸣锣响应。

第二天清早，坡头各村16岁以上的男子全部出动，人人拿着锄头、棍棒、刀叉，到石角渡集合。队伍浩浩荡荡，从坡头圩一直延伸到石角渡。

李癸泉的身体越来越差了，连日的奔波，又令他卧床不起。初二的晚上，他爬起来，叫衍章代他去大仁堂，通知李瑞春发动会员支援坡头自救会。初三一早，他就强行爬起来，要去参加示威请愿。他妻子扶着他，心疼地说："孩子他爸，你都病成这样了，哪能去呢？"

"我是一个领头人，不去怎么行？再说，多一个人多一分力量。快舀粥给我吧。"李癸泉挣扎着说。

"爸爸，我快16岁了，我也算一个，让我代你去吧。"衍章说。

"好好！古有花木兰代父从军，今有李衍章代父游行示威。我们全家都去。"李癸泉兴奋地说。

简单地吃了早餐，一家三口就出发了。

"衍章，你先走吧，我跟你妈慢慢走。"李癸泉说。

"好，我先走，你们慢慢来。"李衍章说完，迈开大步就走了。看着长大了的儿子，李癸泉微微地笑了。

李癸泉的妻子搀扶着李癸泉慢慢地坚强地往坡头圩方向一步一步地走去。

米稔江上游，江边附近有一个田头屋村，天未亮村里就热闹起来。在一家茅草屋前，几个用泥草坯叠起来的大灶蹿起火苗。屋子大门刚刚贴上鲜红的对联，横批写着：百年好合。今天是个好日子，这一家正在办婚礼。新郎官李康保，年方廿二，一早就起来做准备，人逢喜事精神爽呀，李康保一脸的笑意。

太阳升起来了，脸蛋红红的。米稔江水哗啦啦地响，高高兴兴地向南流去。李康保迫不及待地穿起长衫，戴起礼帽，催着快点起轿去迎亲。

"康保，这么急着入洞房呀？新娘可能还未起床哩。"大叔（伴郎）打趣地说。

“不是哩。今天我们自救会要去支持坡头抗法自救会，坚决要求番鬼佬取消《义务公役法》。我想早点把新娘接回来，拜完祖宗我好去参加游行示威哩。”李康保说。

“人的一生，结婚是大事。今天你还准备去参加游行示威？”大叔说。

“结婚是一个人的大事，要求取消恶法是大家的大事。相比大家的大事，个人的大事就是小事。再说，示威游行也不影响娶亲呀。”李康保说。

“那我就催催抬轿子的。”大叔说完就催轿夫去了。

坡头抗法自救会的人马在石角渡还未到齐，就传来消息，说蓝带兵没有去南三，南三自救会的队伍正在往石角渡赶来。于是自救会马上决定，后队作前队，先到博立村拜斋坡集中，然后到坡头公局示威请愿，坚决要法国广州湾当局取消《义务公役法》。

没多久，坡头自救会首先到达集合地点拜斋坡。南三自救会在广大渔民出船支援下，举着红旗浩浩荡荡地来了；南二自救会像上次请愿那样排着队喊着口号来了；三柏自救会擂着狮鼓来了；陇水、莫村自救会也先后来到了；南一（麻斜）自救会也像一股洪流那样来了。拜斋坡岭上，各种旗帜在迎风招展，锄头棍棒林立，口号声如大海的波涛，一浪高过一浪地响起，声威大震，好不振奋人心。

抗法指挥部总指挥陈宝华站在一块石头上，挥动着手臂，大声地说：“兄弟们，法国人强占我们的土地不算，还对我们实行残酷的剥削，苛捐杂税，多如牛毛，连吵个架都要罚款。害得我们吃了朝就无晚，连猪狗都不如。现在又实行恶毒的《义务公役法》，我们已经无路可走了。要保命，靠自救。不反抗是死，反抗也是死。我们今日就去反抗法国鬼，让他们知道咱们中国人不可欺。”

陈宝华讲完，“打倒苛捐杂税！”“打倒《义务公役法》！”“打倒帝国主义！”等口号接着响起。

一会儿，有人端来血酒，各路自救会的首领作为代表进行歃血誓师。一时群情激奋，口号声再次响起。

誓师完毕，陈宝华就宣布向坡头公局进军！坡头自救会作为先锋队走在示威大军的前面，三万人的队伍如潮水般涌向坡头圩，涌向位于牛车路的法公局。

坡头圩历史悠久，最具特色的就是它的几条老街。其中一条老街是因乡民用牛车运送农副产品从这里出入而形成的，故自然称它为牛车街。而在法国人强租广州湾之前，牛车街还称不上街，只是一条因通牛车而自然形成的土路。长四百多米，南端与鱼街相接。民国十年，法国广州湾当局在这路段的东面兴建坡头公局。这座公局楼为砖木结构，高两层，上面一层为更楼。法当局还在公局楼的周围种上簕竹作围墙。在荒地上耸起的这一座楼房，也显得高大出众，但在民众眼中，则像是一只恶虎，无人敢靠近。今天，抗法的民众就偏向虎山行，三万多民众高喊着口号向它拥来。走在最后的那个，就是脱下新郎服刚刚赶到的新郎官李康保。

“打倒《义务公役法》！”“打倒苛捐杂税！”“打倒帝国主义！”“官逼民惨！”“官逼民死！”队伍还未到牛车路，口号声已像春雷般在古老的坡头圩上空轰响。公局内公局长和文书等还坐在那跷着腿悠然地喝着中国的名茶，因为他们向来就无比自信，即使发生些什么事也无所谓，那些刁民就像泥鳅一样，翻不起大浪。堂堂公局，小老百姓避之犹恐不及，哪敢来闹事。

“不好了大人！好多人举着旗子，拿着棍棒，把牛车路都挤满了，水泄不通，人流望也望不到头，他们正在朝公局走来！”一个蓝带兵惊慌失措地跑进来报告。

“什么？朝公局走来？快！快！把大门关上！”公局长一下子变了脸色，抖着的手把茶杯也弄翻了，茶水洒了一地。然后就爬上二楼骑楼。文书和几个随从也跟着上去。

上到骑楼一看，公局长吓坏了。只见牛车路和前面的草木地上都塞满了人，一点空隙也没有。现在别说牛车，就是一只小狗也钻不过去。口号声此伏彼起，震耳欲聋。骑楼上，公局长在喊着话，但人们根本听不到他的声音。他身旁的随从也跟着叫，声音也被淹没在人海的声浪里。一会儿，在总指挥部的指挥下，声音才渐渐停了下来。公局长在骑楼上“叽里咕噜”几句，文书就传话说：“公局长大人……”

“什么大人？番鬼佬的走卒！番鬼佬滚出去！”人群中又愤怒吼起来。

“好好好，大家请安静。有事好商量，好商量。请问，大家今天来这里有什么事？”公局长弯着腰说。

“取消《义务公役法》！取消《义务公役法》！……”人群异口同声地喊着。

“有事好商量，好商量。”公局长说，“请派出代表来谈，然后大家散去。”

“我们不达目的，决不罢休！《义务公役法》不取消，我们就不离去！”陈宝华高声地说。然后和几个副总指挥商量着，推出了七八个代表，正准备去跟他们谈。

这时候，卢文廷从赤坎匆匆赶到这里，一见到这个场面，大吃一惊，急忙低下头，想溜进公局。民众见到这个作恶多端、欺压百姓的法国走狗，怒火中烧。

“抓住他！打死这个法国走狗！”民众齐声高喊着，有人向他追来。

“一撮须”见势不妙，拔腿就向公局逃去。

只见一个青年身夹双刀，从队伍中飞奔而出，抢在其他人的前面，向“一撮须”扑去。卢文廷见到进出大门的竹林口子已被示威人群堵住，就绕着竹林跑。那个青年紧追不舍，离“一撮须”越来越近。旁边的示威者不断地喊：“抓住‘一撮须’！打死这个走狗！”卢文廷见到竹林有个像狗洞大小的空隙，就顾不得竹刺刺身，弓着身子钻进去。身子进去了，一只脚还留在外面，被那青年伸手一抓，就抓住了。卢文廷穿的是长筒靴，他像狗一样，两只手和一只脚着地，拼命地爬，拼命地挣扎着。挣扎中，靴子被青年人拉了出来，卢文廷趁机逃脱，光着一只脚，一只脚高一只脚低，就像一只被打瘸了腿的狗，狼狈地逃进了公局。那青年追到大门前，大门已关上了。

那青年用脚踢，用肩膀撞着大门，但装着大铜钉厚厚的大门纹丝不动。那青年摸出两颗大铁钉，插进砖缝里，想借力爬上楼去。他爬上一步，用力把铁钉插进砖缝，又拔出另一枚铁钉，插进砖缝。他艰难地爬着、插着铁钉，将到窗口的时候，“一撮须”拔出手枪，向这位青年射击。这位青年被打中了，从上面跌了下来，鲜血瞬间染红了他身下的土地。

外面示威的民众目睹了这一惨状，被激怒了，大家吼叫着，奋勇冲向公局，几个人急忙把中弹的青年抬出外面进行抢救。

被妻子搀扶着的李癸泉刚刚赶到这里，正坐在一块石头上喘着气，见状就让妻子扶着来抢救中枪的青年。但见这位青年全身都是血，已停止了呼吸，牺牲了。这位英勇的青年他是认得的，他叫陈土轩，是南二那谋村人，今年才20岁，是抗法自救会的会员，一个很善良很灵活的人。李癸泉硬撑着赶到这里，已无力站起来，只能坐在那里守着陈土轩，坐牢受刑时没流过一滴眼泪的他，这时眼眶里溢满了泪水。李癸泉无力和民众一起呐喊示威，只能看着示威民众冲击着公局大门，心里暗暗地为他们鼓劲。

公局大门在民众的一再冲击下，终于被打开了，大家一拥而入。大楼下有个放武器的地方，那天，民团刚刚出操回来，枪弹还放在那里。大家就把这些枪弹拿过来，共有长短枪28支，子弹两盒，每盒有十来颗子弹。民众继续沿着楼梯往上冲，卢文廷和公局的其他人居高死守，斗争异常激烈。

沟尾塘鸭村青年、自救会会员杨真贵挥舞着一支木棍，一马当先，向二楼冲去，向凶手讨还血债。他舞着棍，左挡右格，以一当十，打伤了几个阻拦的法兵，想杀开一条血路冲上去。法国人似乎顶不住了，就悍然开枪射击。躲无可躲，杨真贵被打中了，鲜血喷出，洒在楼梯上，墙壁上。他用木棍拄着楼梯，还想冲上去，他晃动着身体，最后轰然倒在楼梯上。

为了避免更多的人牺牲，在指挥部的指挥下，民众暂时退到竹林外，几万人把整个公局团团围住，大家更愤怒了。

歇了一会儿，共产党员、南寨五联村人陈福章又带头向公局冲去，新郎官李康保和19岁的南二青山村人、抗法自救会会员陈兴炎等一批青年大喊着跟着向前冲。法国人见有人冲来了，又举起了枪向这批青年射击，子弹“啾——啾——啾——”地响。陈福章倒下了，陈兴炎倒下了，新郎官李康保也倒下了，他们的青春热血染红了牛车路，当场牺牲了。在他们的身后，还有一批人不同程度地受了伤，被紧急送到后面救治。

敌人的枪弹，暂时阻住了民众的冲锋，但敌人的屠杀暴行，吓不倒示威的民众，更激起他们强烈的反抗。他们紧紧地把公局包围起来，决心坚持到底，不达目的决不罢休！

南三岭脚村的郑耀华、田头村的陈亚居带领着青年，从四面八方向公局里扔石头，示威的民众用缴来的长短枪朝公局大楼射击，将两盒子弹全部射向法国人。公局里传来了“哎呀”的叫喊声，显然有人受了伤，所有的人都不敢露头，龟缩在里面，不敢出来，也不能出来。斗争在僵持着。

在牛车路南面尽头不远处，就是法国的营盘。营盘四周也种着密密的簕竹。行政官殷多东知道公局被示威的民众包围，也听到了枪声，知道事情闹大了，就想带着30多个蓝带兵去镇压示威的民众，抖一抖法国人的威风。他吹响了哨子，集合士兵，但刚下楼，就被示威的民众堵在营盘的出口，继而，整个营盘也被重重包围了，法国士兵被困在营盘里。

在公局这边，示威民众寸步不退，死死地把公局围住。公局里的人出不来，没有水，也没有粮食，又饥又渴。

抗法总指挥部决定用火攻，迫使敌人投降。

附近的民众搬来了柴火、稻草，指挥部还派人到商铺要来了煤油，准备学学周瑜火烧赤壁，也来个火烧坡头公局。

下午三点多钟的时候，有个自救会会员跑来向李宝华报告，说西营那边过来了几十个蓝带兵，已经到了垉城村一带了。

李宝华马上叫李瑞春、李荣泰带千多人在圩口堵住蓝带兵。蓝带兵到了，只见黑压压的人群把圩口堵住了。蓝带兵端着枪趾高气扬地冲过来，吆喝着叫民众让开。民众纹丝不动，怒视着蓝带兵。有人高声地说：“这是中国的领土，番鬼佬滚回去！”

蓝带兵哗啦啦地拉动枪机，枪口对着民众，做出准备开枪的样子。李瑞春、李荣泰他们扯开衣服，袒着胸膛，逼近蓝带兵。民众的浩然正气，吓得蓝带兵放低了枪口，进也不得，退也不是。堵住圩口的民众则高声喊着口号：“番鬼佬滚出中国去！”“打倒帝国主义！”“取消《义务公役法》！”“不答应我们的要求决不收兵！”场面僵持在那里。

公局这边，火烧起来了。民众将稻草柴禾扎成一捆捆，点着火就用力往公局扔。一捆接着一捆，很快公局四周就堆满了着火的柴草。火越烧越旺，熊熊的烈火越烧越逼近公局楼，浓烟笼罩了整幢公局楼。他们虽然把门窗关得实实的，但浓烟无孔不入，里面不时传出咳嗽声。

下午五点多钟，坡头圩敬善佛堂把煮好的饭菜抬到了牛车路，一碗碗地送到了示威的民众手中。坡头圩的居民用竹兜盛着番薯端来了；不少的商铺也挑着饭食来了。附近村庄也煮来了一担担番薯送到这里。各方面的大力支援，更鼓舞着示威的民众，他们准备坚持到最后的胜利。

营盘殷多东带着他的蓝带兵出不去，最后只好回到了营盘里，圩口的蓝带兵见进不到圩里，也只好灰溜溜地往回撤。

公局这边，吃饱了饭的民众，继续给火堆添加柴火，火不停地燃烧，周围的温度都升高了两度。在风吹来的方向，人们除了添加柴火，还加了一些树木的新鲜枝叶，火苗不见增高，但浓烟更大了，顺着风吹，直灌进公局里。人们称这种方法叫做焗老鼠，老鼠都受不了火烟焗，公局里的人更受不了了，他们把一件白衣服剪掉了袖子，绑在木棍上，在更楼上不断地摇晃。

“番鬼佬投降了！”“番鬼佬投降了！”胜利的欢呼声迎着夕晖响了起来。

李宝华吩咐公局四周暂停放柴草烧火，派人将公局前面的火堆撤掉，空出一条通道来，好让公局的代表出来谈判。

公局长和文书举着那条被剪了衣袖的白衣服出来了。两个人垂着头，满脸都是烟火色，黑黑的。李宝华、陈永祥和被搀扶着的李癸泉等七八位自救会总指挥部的首领，站在那里等着公局长两人。

公局长和他的文书终于走近了。

“大家有什么事好商量，不要这么多人来闹事。”公局长说。

“你们好商量吗？是谁，面都不给议员见一见？是谁，一句话也不说，一脚就把议员踢下台阶？又是谁，选个清明节去‘调查民众的生活’，找个借口继续推行恶法？跟你们商量，你们有商量过吗？”李宝华一连几个反问，问得公局长两人张口结舌，回答不上来。

“那……那……公局是政府机关，你们破门而入，用石头砸破门窗，用火烧楼房，这是犯法的行为……”公局长说。

“一派胡言！”被妻子搀扶着的李癸泉气愤地说，“这是大中国的土地，法国人仗着船坚炮利，从万里之遥，远渡重洋，来强占我们的家园，屠杀我们的同胞，有什么资格跟我们讲法！我们去占法兰西了吗？我们去烧巴黎的房子了吗？是法国人，在南三占地毁屋；是法国人，要挖张姓人的祖坟；是法国人，在海头汛杀人放火。今天你们又开枪杀害无辜的民众，你们无法无天，在中国人面前，闭上你们的臭嘴！告诉你们，血债要用血来偿。总有一天，我们会把法国人赶出中国去！”

“说得好！”

“滚回法国抱孩子去吧！”

示威者在高喊着。

“……这，这，这。修路是为了大家好，大家应该出力呀。”公局长又说了。

“既是好事，你们没事干，应该带头自带工具自带粮食去修呀，最好连家人也带去，不去就先交代役金。”旁边一个示威者抢着说。

“法国人以修路之名，行扩大租界之实。他们肚子里的坏主意以为人家不知道？还有，这个《义务公役法》，说穿了就是为了更残酷地盘剥百姓，中饱私囊。”陈永祥一针见血地说。

“那，今天大家有什么要求？”

“取消《义务公役法》！取消《义务公役法》！”不待总指挥部的人说，周围的人群就大声呼喊出来。

“取消《义务公役法》是大事，我们一定将大家的意见上报上峰，大家请先回去吧，静候消息。”

“你们不要把我们当傻瓜！一开始我就告诉你们，不取消《义务公役法》，我们决不罢休！”李宝华义正词严地说，“把卢文廷交出来，血债要用血来偿！”

“取消《义务公役法》！”

“打倒卢文廷！”

“严惩杀人凶手！”

“血债血偿！”

口号声一阵高过一阵。

“能不能让我去跟行政官商量商量？”公局长说。此时，公局长已脸色如灰，不停地用手帕擦着汗。

“行！告诉你，我们的忍耐是有限的。”李宝华说，“小兄弟，你带几位兄弟送送他。”

“各位兄弟，继续准备柴火。如不答应我们的条件，继续火烧公局！”李宝华高声地说。

“好！继续火烧公局！”示威的民众高声地回答，吓得公局长逃也似的向营盘赶去。

好一会儿，公局长从营盘出来了。几百米长的牛车路，迎接他的是林立的锄头棍棒，他看见有人正拉着稻草往公局送，害怕极了。他快步走到刚才的位置，对总指挥部的人说，经与行政官殷多东商量，决定暂停《义务公役法》，明天即上报公使署。厚葬死难者。

“把凶手卢文廷交出来！”李宝华说。

“这个我实在做不到啊。他也受伤了，手臂被打了。”公局长惶恐地说。

“这五位无辜的青年难道就这样白白地死了吗？不行！”李宝华说。

“人死不能复生。要不这样吧，我们出钱，厚葬死者，抚恤死难者的家属。”公局长说。

总指挥部的领导简单地商量了一下，李宝华面向公局长宣布：

一、取消《义务公役法》；

二、马上买来棺椁，收敛五位死难者，明天择地厚葬；

三、抚恤死难者家属；

四、把卢文廷赶出吴川，永不得踏进吴川的土地；

五、书面签字画押。

“好好好，我就去办。”公局长擦着汗躬着身走回公局。

民众还没散去，大家耐心地等待着。

一会儿，文书拿着一张纸出来了，墨迹还未全干。纸上用中文写着上面的四条，下面还签有公局长的名字。

“公局长正在派人去购买棺木，收敛死者。抚恤金明天交给你们转发。卢百长明天就离开坡头。请大家见谅。”文书小心翼翼地说。

“好。你回去告诉你的头儿，叫他乖乖地按说的办，不要耍小把戏，中国人不可欺。”李宝华警告说。

“兄弟们，法国当局已被迫答应我们的条件，《义务公役法》取消啦。”李宝华转过头，对示威的人群高声地说。

听到李宝华的话，大家举起手中的棍棒锄头，尽情地欢呼，还有人点燃了爆仗，噼里啪啦地在路边响起。

“大家可以散去回家了，指挥部的首领留下，收敛五位烈士的遗体。”李宝华说。

大家沉默了，没有一个人忍心离去，他们要等待烈士入殓，向为他们的利益而牺牲的烈士作最后的告别。

娥眉月早已升起，只是被乌云遮住了，星星在不停地闪烁，似在致哀。李宝华、李癸泉、陈永祥他们洗干净了烈士身上的血迹，给他们换上新的衣服，让他们最后看一眼这黑色的世界。

棺木被抬来了，人们把烈士的遗体轻轻地抬起，放进棺木里。示威的民众以及圩里的居民，有序地绕着棺木，最后瞻仰烈士的遗容。脚步轻轻的，四周静静的。渐渐地，传来了低低的抽泣，不久，号啕之声响起了，天上的云把星星也遮住了。

民众走了，总指挥部三十六位领导还留下来。他们肃立在五个棺木的四面，齐齐地朝着五位烈士三鞠躬。然后把棺板轻轻地盖上，在棺板上分别写上：

陈土轩烈士千古！

陈福章烈士千古！

李康保烈士千古！

杨真贵烈士千古！

陈兴炎烈士千古！

五支红蜡烛被点亮了，烛光映红了坐在四周的总指挥部36位领导的脸，也把漆黑的夜空照亮，无数的星星在夜幕下闪烁着光芒。

红烛的泪水不断地往下滴，渗进这黑色的土地里，似乎在用生命刻写着几个大字：

丙子（一九三六年）闰三月初三。

天亮了，炊烟起了，人们也开始走动了。三月初四，是三月第二个圩日，人们又来趁圩了。今天，从牛车路进圩场的人特别多，多得就像昨天的示威还在继续。人们来到这里，都要朝着五口棺椁鞠躬，然后走到簕竹林的缺口处吐上一口口水，还要发出“呸”的一声，才进圩场。

在坡头圩周围的山坡岭头上，那些墓地上，还遗留着清明时节人们扫墓留下的香枝，压在坟墓上的纸钱，还在风中飘动。一行人在坡岭间走动着，他们是在为五烈士寻找着墓地。

寻寻觅觅，他们来到了久有村东久有塱，这里有个大茅岭，地势平缓，树木葱茏，地上长着无数的茅草，茅草开着一朵朵小茅花，微风吹过，漾起一片淡雅的紫红。

“就是这里吧，让我们的英雄安卧在这小花丛中。”不知谁说出了大家的心声。五烈士墓就这样简单而又水到渠成地确定了。

墓地两边挂起两丈高的白色挽幛，上面用浓墨书写着副总指挥陈永祥拟的挽联：

为国慨捐躯，谋种类生存，知君义愤所钟，不惜牺牲留正气；

救民慷沥血，想精神不死，愧我热情空抱，聊挥涕泪哭英魂。

墓地前面立着一块石碑，上面刻着李癸泉、李瑞春两位副总指挥的悼词：

毋忘国耻，
永悼民殇。

人们从四面八方向大茅岭拥来，每个人的左臂上都扎着一条白色的毛巾，坡头圩所有店铺的白毛巾因此而断销，人们只好剪来白布缠上。远远望去，就像一个巨大的扎满白色花朵的花圈，敬献给五烈士墓。

就在这一天，双百长卢文廷被撤销职务，行政官殷多东被调去东海。他们收拾行装，带着殷多东的老婆，准备离开坡头。

他们一出门，就见一幅大画像立在圩口，画上一个农民手持锄头，把殷多东夫妇打得头破血流。前面道路两旁，一路上插满了小旗标语和纸钱。殷多东夫妇和卢文廷害怕被揍，急忙退身回来，到了晚上，才借夜幕掩护，偷偷溜走。

第三天，法租界内外各种报纸纷纷报道事件。《广州民国日报》在当眼的地方发文，谴责法当局的罪行。文章的标题异常醒目：

广州湾租界逼缴身税
法兵枪杀华人惨案
请愿华民受伤十余人死七人
我当局准备交涉将调查真相
法公使署颠倒是非发表强横无理布告

报纸把受重伤的人也算进去了。

法国巴黎的报纸也纷纷发表了消息，这些消息无非是指责游行示威是非法的——他们忘记了他们宪法中规定游行示威是一种自由；骂游行示威者是暴徒——他们没看见开枪屠杀无辜民众的凶手就是他们所谓的文明人！

示威游行使巴黎一些人惊呼：世界都是坡头圩大！

安葬了五位烈士以后，李癸泉在妻子和儿子的搀扶下，慢慢地回到家。

革命新潮涌

李癸泉躺在床上，喘着气，闭上眼睛在休息。妻子则忙着做饭。李衍章陪着父亲，心情很是兴奋。

“爸爸，团结的力量真大，连番鬼佬都不得不低头。今后不用去修路了。”李衍章兴奋地说。

“是呀，团结力量大。但敌人是不会甘心失败的，他们还会反扑，斗争还在继续。爸爸身体不行了，今后你要代替爸爸去干工作，将革命进行到底。”李癸泉低声地对儿子说。

“爸爸安心养病，你一定会好起来的。你有事就交给我办，我都16岁了。”

“衍章真乖，你是应该负起责任了。”李癸泉说，“爸爸休息一会儿吧，你去帮帮妈妈。”

“好的。”李衍章出去了。

李癸泉太累了，他觉得身上一点力气也没有。他躺在床上，闭上眼睛，想好好地睡一觉，但总安不下心。和上级党组织失去联系已经很久了，自己就像是大海上的一叶孤舟，不知往哪航行。陈信材同志在哪里？他找到党组织了吗？李癸泉在想念着。

病来如山倒，李癸泉真的足不能出户，没办法背上布袋四处奔走了。家庭的重担也挑不起，全落在妻子和儿子衍章的肩上。耕田、赶海，娘俩样样都要干。

陈庆桃、李瑞春、卢裕生等同志时不时来探望一下。从来探望他的人口中，他得知同志们都平安无事，心里稍感安慰。但也从同志们的口中，知道法国人秋后算账，逼得陈永祥等要远走他乡，他也深感担忧。

第二年中元节前，陈庆桃拿着半袋米又来探望李癸泉。

“老同学，又给我送米来了，你家的日子也不好过啊。”李癸泉说。

“起码我还能去做‘花子’（乞丐）嘞，你连花子都没力气去做啊。十四快到了，拿两斤米给你煮碗饭吃。别客气。”陈庆桃说完笑了。

“请坐。好久没聊过了，有空不？”李癸泉指指凳子说。

“好呀，陪陪你。”陈庆桃拉过凳子坐下来说。

陈庆桃今天来探望，其实就是想来跟李癸泉说件大事。

原来，陈庆桃前天有事往赤坎跑了一趟，在那里遇到了一位在那里教书的亲戚。那位亲戚告诉他，前月最后一天，也就是西历七月七号，日本人在皇城附近打进来了。共产党号召全国人民联合起来，抗击日本侵略者。好多报纸早就报道了，我们这里是天涯海角，一点消息也没有。

“这可是大事哟！看来，形势要变了。救国是大事，我们党是正确的。我们要做好准备，我们一定能联系上党组织。”李癸泉说。

“是的。相信党组织不会忘记我们，陈信材同志一定会联系我们。”陈庆桃充满信心地说。

他们在一起，总有聊不完的话。快到中午了，陈庆桃才站起来。“我回去了，请保重身体，有消息我再告诉你。”陈庆桃说完就起身回去了。

李癸泉听到这个消息，心情久久不能平静，他多想到外面走走，以期获得更多的消息，好为党多做点工作啊，无奈，身体不允许，病好像越来越严重了。

年关又到了，自己又不能为家庭准备些什么，李癸泉内心苦闷着。

这天中午，李衍章匆匆跑回家，就到书房给爸爸讲一件事。原来，今天他拿昨晚挖的海螺到三合窝圩卖，想换点钱准备过年。螺刚卖完，就来了一群人，打着鼓，敲着锣，又排着队在唱歌，很多人就围了过去。围的人多了，有一个人手拿着一个铁皮做的大喇叭就开始讲话。他自我介绍，说他是从广州来的，名叫萧光护。他说发生了什么“七七事变”，日本鬼打过来了，飞机都飞到广州了。日本鬼的飞机放炸弹，炸死了广州好多老百姓。他还拿出一块铁，说是日本人炸广州的炮弹片。他要我们积极行动起来，开展抗日救亡运动。他讲得太好了，大家都恨死日本鬼了。他讲了话，那群人又演戏，教大家唱歌。他们还在墙壁上写上大字：“全国人民行动起来，积极参加抗日救亡运动！”李衍章讲了今天的所见所闻，看得出他还处于兴奋之中。

“这应该是我们党的宣传队，共产党又回来了。孩子，你长大了，要像那个人讲的那样，积极参加抗日救亡运动。”李癸泉高兴地说。

随着风儿把燃放爆仗留下的满地碎纸吹走，新年也就过去了。乡村又像往日那样，耕田的耕田，赶海的赶海。

一个晚上，李衍章很晚才回家。

“怎么这么晚才回家？”李衍章一推开门，李癸泉就问。

“爸，姓冯村开国技馆，我去看了。”李衍章说。

“什么国技馆？干什么的？”李癸泉问。

“就是学功夫的。”李衍章回答说。

“那好呀，学武健身，将来打日本鬼也用得上。你也参加学习吧。”

李癸泉说。

“爸爸，我也是这么想的，正想跟您说呢。你同意了，那明天晚上我就去报名。”李衍章高兴地说。

“好吧，快睡觉。夜深了。”李癸泉说。

第二天晚上，吃完晚饭，李衍章就出门了。他要参加国技馆学武术。

春来秋去，不多的稻子几天就收割完，一些劳力足的人家甚至把冬薯也种下了。

这一天中午，李子安来了。久不见面，两人分外高兴。高兴之后，李子安看到李癸泉骨瘦如柴，一副病恹恹的样子，心里就非常难过。他拉着李癸泉的手说：“兄弟，难为你了。唉，这么长时间没来看你，我心中有愧啊！”

“坐牢之后受的内伤一直不好，这一两年什么也做不了，有违入党的誓言啊。更难受的是和组织失去了联系，就像小孩离开了母亲。你一切都好吧？”李癸泉喘着气说，一边说一边咳嗽。

“我一切都好。也像你一样，都挺过来了。”李子安回答说。

“年前有个叫萧光护的人从广州到这里来宣传抗日，他们都是些什么人？你有陈信材同志的消息吗？我很想念他啊！”李癸泉急着问。

“今天我来找你，就是想告诉你关于陈信材同志的消息。”

“陈信材同志怎么啦？”李子安还未说完，李癸泉就一把抓住他的手问。

“他的具体情况我也不知道，只知道他回到了南路。本来，今天来就是想和你一起去找他，尽快和上级党组织取得联系。但看到你的身体，看来不能让你去了。回去之后，我马上去找他。如果取得他的指示，我会及时告知你。”李子安说。

“听到他回来的消息，我很高兴啊，我希望马上见到他。但是，我知道自己的情况，我走不了那么远的路，我不能拖累你。见到他，请代我向他问好。有什么消息，请及时告诉我。另外，现在的形势怎么样？快告诉我。”李癸泉迫不及待地问。

两人马上交谈起来。

从和李子安的交谈中，李癸泉才知道，抗战爆发以后，我们党和国民党合作，共同抵抗日本帝国主义的侵略。1938年1月，国民党余汉谋组织成立广东省民众抗日自卫团统率委员会。2月，国民党广东省十一区民众抗日自卫团统率委员会成立，张炎将军任主任。党派共产党员协助张炎将军开展抗日活动。那个萧光护就是中共广州外县工委派来开展党建和抗日救亡工作的共产党员。现在，各地都组织游击小组，开展抗日救亡活动。

他们谈得很多，李癸泉也对目前的形势有了个大概的了解，更渴望早日和上级党组织接上关系。谈到傍晚，李子安才离开李癸泉的书房回黄坡。

好像乌云散开，天晴气爽一样，李癸泉的心情很好，他看到了光明的前景，渴望着投入到当前抗日救亡的斗争中去。

晚上，李衍章学完功夫回来，又走到书房去见父亲。他告诉父亲，姓冯村成立了抗日游击小组，人员就是国技馆的人，他也是其中一个成员。李癸泉连说："好！好！好！国难当头，匹夫有责。儿子比我有出息！"

咳了几声，李癸泉又接着说："衍章呀，你已长大了，可是爸爸没给你带来什么财富，家里还是穷当当的。爸爸很惭愧啊。"

"爸爸您别说了，您给我的太多了。您对我的爱，比南海的水还深。你爱国家，爱百姓，恨番鬼佬和财主，您勇敢，您坚强，这是您送给我最宝贵的财富。你就是我的榜样，我也要像您那样，为百姓谋幸福而勇敢地去斗争。"李衍章动情地说。

"你能这样想我就放心了。爸爸病得越来越重，干不了多少事情了。今后你要接着爸爸的事来干。参加抗日游击小组就要听领导的话，做个勇敢的战士，积极投身到抗日救亡运动中去，把日本鬼子赶出中国去。"李癸泉说。

"我会的，爸爸。你早点休息吧，安心把身体养好，还有很多事情等着您做呢。"李衍章说，然后扶着爸爸进房间躺下。

李癸泉咳得更厉害了，但心中充满着激情，他日夜盼望着李子安早日到来。他现在有点后悔了，为什么不坚强些，和李子安一起去找陈信材同志呢？

最后的霞光

1939年年前就立春了。因此，年前很多人家就把花生点种下去了，天气还寒冷，豆芽儿还不敢露出头来。

正月过了，二月初一就是春分，太阳偶尔露出了脸，山丘上丛林间野花已灿烂地开放，一切都欣欣然地，充满着生机。春潮滚涌，鉴江的水又涨起来了。

李子安迈着坚实的步伐又来了。

一进门，李癸泉就抓住他的手，浑浊的双眼紧紧地盯着李子安。

“联系上了没有？”李癸泉急促地问，都忘记招呼李子安坐了。

李子安拉过一张凳子坐了下来，说："联系上了。陈信材同志叫我代他向你问好，说迟些时候来看你，他忘不了淡水沟的番薯、太平村的海螺。"

"太好了！快将情况说说。他的身体好吗？"李癸泉焦急地说。

"他一切都好，就是苍老了些。"李子安接着就将情况一一道来。

因为一下子没能联系上陈信材同志，也因为工作忙，李子安一直拖到过完年，经多方打听，才跟陈信材同志联系上。

陈信材同志离开淡水沟后，就一直在寻找着党组织。直到抗战爆发后，才知道周恩来同志在武汉。彭中英在法国留学时就认识周恩来同志，于是两个人就结伴直奔武汉。到了武汉，周恩来同志因工作问题暂时离开武汉，由刘秘书转达周恩来同志的指示："转知彭、陈二人即回广东参加抗日救亡工作……将由党组织派人与你们联系。"

彭中英和陈信材非常高兴，得到周恩来同志的指示后，两人先回到广州，然后回到梅菉，协助张炎将军开展抗日救亡工作。张炎是吴川樟山村人，是上海"一·二八"抗日名将。广东省民众抗日自卫团统率委员会成立以后，他被任命为广东省民众抗日自卫团第十一区统率委员会主任委员，他积极拥护中国共产党的团结抗日主张，动员南路十九路军的旧部起来抗日。很多共产党员和进步青年积极协助他开展工作。

知道陈信材同志回到梅菉，我马上去找他。见到他，我眼泪在眼眶里转，千言万语不懂得从何讲起。他问到你，他知道你身体不好，非常挂念。他叫我转告你，身体是革命的本钱，你一定要保养好身体，下次见到你时，你一定要健健康康的。

他还问到了小衍章。我将情况一一告诉了他。他说，组织关系接上了，要在组织的领导下，尽快开展工作。现在形势发生了新的变化，要充分发动群众投入抗日救亡工作中去。我们整整谈了一夜。我知道你挂念着，所以昨天回来后，今天就赶来告诉你了。

“太好了！这是几年来最好的消息。今天我就多吃一碗粥，养养身子，明天我就去告诉同志们这个好消息，按照陈信材同志的意见，尽快投入抗日救亡运动中。”李癸泉高兴地说。

“是的，兄弟。这是一个好消息，我高兴得昨晚一夜都睡不着。冬天已经过去了，山花烂漫的春天已经到来了。让我们热情地拥抱这个春天，用我们积极的工作，为春天添上壮丽的一笔。”李子安也被李癸泉的兴奋情绪感染了，用一种少见的抒情语气说着，“你身体很不好，要注意休息，事情也不急在一两天。”

“没事，一听到这好消息，我的病就好了一大半。一息尚存，革命不止。更何况我还未到尚存一息的地步呢。明天我就去。”李癸泉迫不可待地说。

李子安非常理解此时李癸泉的心情，也不多说了，紧紧地握住李癸泉的手，就告别了。

李衍章这段时间回来得都很晚，今晚也一样。李癸泉今晚则早早就上床。上床前，他吩咐妻子明天早点煮饭，多下点米，明天早点吃饭，要多吃一碗粥，好有力气跑一遍。

他想早点休息，但躺在床上翻来覆去总睡不着。他想到了这几年失去与上级领导联系的艰难，想到了这几年隐蔽的憋闷，想到今后工作开展的计划，想到革命胜利的明天。后半夜，他蒙蒙眬眬地睡着了。

天还未完全亮，李癸泉就起来了。妻子已在厨房里煮饭，灶膛里的火光映照着妻子饱经风霜的脸庞，他不禁多看了一眼。他窸窸窣窣地洗漱着，这走走，那摸摸，就等着吃早餐。妻子见他已经起来了，就往灶膛里多加了一把柴。

番薯稀粥终于煮好了，妻子给他盛了两碗，放在桌子上晾着。今天，李癸泉一点都不推让，一边吹着碗里的粥，一边吃着，把两碗粥都吃完了，然后就准备出门。而儿子衍章还未起床。他妻子给他加了一件衣服，他又背上那个布袋，还拿来一段竹竿出门了，他知道他的身体弱，要加一根拐杖才好走。

李癸泉怕自己体力不支，就打算“先远后近”：上午先去坡头圩，见见卢裕生，下午回到东村大仁堂找找李瑞春，然后再回烟楼找沙干渗，最后回到沙城见陈庆桃。这是一条二十七八里长的路，健康的人走都非常辛苦，更何况李癸泉是个久病缠身的人呢？但李癸泉忘记了自己的病情，还像过去一样，全情投入新的工作中。

他出门了，背着布袋，拄着竹竿走出了村口。好久没出门了，熟悉的田野都好像有点陌生了，但越加感到亲切，连在吃草的牛儿“哞——”的一声，也好像在和他打招呼，因为他今天的心情格外美好。

路上的行人渐渐多了，不断地有人和他打招呼。走到三合窝圩边，就遇到了当年被法国兵打断了手、被他师父治好了的那个人。

“李医生好！好久没见到您啦。这么早去哪？”那人拉着李癸泉的手说。

“病了一场，少出门了。今天趁阴去坡头圩要点药。”李癸泉说。

“您身体不好，怎么走得了这么远的路？”那人说。

“没事的，慢慢走。”李癸泉说完，又往前走了。

身体是诚实的。走过了三合窝，李癸泉就感到气喘得很。他不得不停住了脚步，在路边拄着竹竿，喘喘气，捶捶腰再走。

李癸泉行走的速度明显慢了，但一种理念在支撑着他，他继续艰难地往前走。

走走歇歇，赶到了埇尾渡。过了渡，他慢慢地穿行在大环岭。大环岭上，野生丛林显得更茂盛了，好像给弯弯的道路竖起了一堵绿色的墙壁，道路显得更遥远。看着两边的丛林，当年奇袭法国走狗沙仁虎，伏击坡头营盘法国兵，自己拳打沙仁虎的打手，这一幕幕，又重现在他的脑海里，心中一股豪气油然而生。

他继续往前走，又到了小小的五角圩。他累了，又走进了当年抽水烟筒的小摊档，好好歇歇再走。小伙计礼貌地把水烟筒递给他，他接下来放好，因为生病，他早不抽烟了，只是向小伙计要来半碗水。他望着来来往往的人，就记起当年沙仁虎带人在这里抓他的情景，今天走路艰难，就是拜他所赐。而沙仁虎已葬身鱼腹，再也不能“杀人”了。他也想起自己身陷西营法国当局的监狱，在那里饱尝了法国人的折磨，这也算是自己人生的一次历练吧。现在光明的前景就在眼前了。想到这些，他好像有一股力量在支撑着他，他站起来，告别了小摊档，一步一个脚印继续往前走。

过了中午时分，他终于走到了老街，进了卢裕生的药铺。这时，他脸色苍白，气喘吁吁，浑身的衣衫都已湿透了。

卢裕生一见到李癸泉进来，就急忙从柜台里面跑出来，一把搂住他。

“您终于来了。”卢裕生动情地说。见他脸色苍白，大汗淋漓，急忙扶着他，让他坐下来。然后端来一碗水，让他喝。

喝完水，李癸泉才舒了一口气，说：“今天的路好长啊！走了大半天。”

“你到对面糖水铺买一碗糖水回来，先给李医生喝。”卢裕生掏出钱，吩咐小伙计。时间已经过午，大家都已吃过饭，卢裕生知道李癸泉肯定还没吃午饭。他叫小伙计去买糖水的同时，就急忙张罗午饭。

小伙计端着糖水回来了，卢裕生嘱咐李癸泉慢慢地喝。喝完糖水，李癸泉的精神稍微好了一点儿。

好一会儿，粥也差不多煮好了，卢裕生就扶着李癸泉进到里面坐好，然后舀了半碗粥端上来。一早吃了两碗稀粥，走了那么大半天的路，李癸泉确实饿了，饿得两眼昏花，但他心里好像给什么东西堵住了，吃不下东西。他强迫自己多吃一点，但就是没有食欲，吃不下。

“您身体这么虚弱，就不要跑那么远的路了，有什么事情叫别人来就行了啊。”卢裕生心疼地说。

“我好久没出门了，今天高兴，不就跑来看你了吗？”李癸泉笑笑地说，“今天有一个好消息，我必须亲口跟你讲。”接着，就将昨天李子安来找他，跟他讲了自己如何去找陈信材同志，而陈信材同志如何艰难地寻找党组织，最后得知周恩来同志在武汉，就和彭中英同志跋山涉水去武汉。到了武汉之后，得到了周恩来同志的具体指示，终于和上级党组织接上了关系。又讲了陈信材同志叫李子安转告南二淡水沟支部的同志们，要快快行动起来，投身到抗日救亡运动中去。

“几年来和上级失去了联系，今天又回到了党的怀抱，这不是天大的好事吗？昨天送走了李子安同志，我就高兴了一整夜。今天一早，我就跑来找你，和你分享这个好消息。”李癸泉高兴地说。

“真是太好了！盼星星，盼月亮，终于盼到了这个好消息。只是辛苦您了。”卢裕生紧紧拉着李癸泉的手说。

“唉，只是我越来越感到身体不行了。我为党干的工作太少。现在，黑暗即将过去，光明就在前头。我要争取为党多做点工作，将损失的时间补回来。等一下我还要去找李瑞春、陈庆桃、沙干渗等人，将好消息告诉他们，让他们也高兴高兴。然后我们尽快开个会，大家讨论讨论，看看如何发动民众，积极投身到抗日救亡的伟大运动中去。”李癸泉说。

“您的想法很好，我们要快快行动起来。但是，您的身体这么差，怎么跑得了这么多的路？也不差一天半天吧，你在我这儿休息休息，明天再去？”卢裕生提出建议。

“不行，今天一定要把这好消息和有关情况告诉支委和各小组长，时不我待呀。我慢慢走，没问题的，我不是还有一支拐杖吗？”李癸泉举了举手中的竹竿，笑着说，就准备动身到大仁堂。

“您一定要走，要不我陪您去。”卢裕生说完，就准备进去交代一下伙计。

李癸泉拉着他说：“店铺离不开你，你就不要去了。我能坚持住，慢慢走，没事的。”说完，扬扬手，就拄着竹竿走了。

卢裕生站在药铺门前，目送着李癸泉离去，心中百感交集，有激动，有感动，有钦佩，还有一点点不安。那远去的身影，在卢裕生的眼中渐渐变得高大起来。

李癸泉急步离开药铺后，没走多远，双腿就像灌满了铅水，举步维艰，靠着竹竿撑着一步步地往前走。汗水不停地从额头上淌下，像负重的黄牛喘着粗气。没走多远就要坐下来歇歇，每次坐下就不愿意起来。但是，一个信念在心中喊着他：“起来！起来！向前！向前！”

这个路好像比来时长得多，走也走不到目的地。他只能咬着牙坚持着。

太阳像个血盆，已经快速地往西坠下，血色的霞光把他的影子拉得老长。李癸泉终于走到大仁堂村边，他停下来，一只手拄着竹竿，一只手叉着腰，低着头，不断地喘气。歇了一会儿，他又开始迈开脚步，一点儿一点儿地往前踱，终于迈进了李瑞春的家。他不等主人招呼，就在凳子上坐下。李瑞春的家人急忙端来水给他喝，他喝完了才问：“瑞春不在家吗？我想找他。”

“他到高岭表叔那儿帮忙建房子了，可能要很晚才回来。要不，我到那儿叫他回来？”李瑞春的家人说。

“不用了。我歇歇就到高岭找他去吧，也许，在路上会遇到他呢。碰不上，我就直接到高岭村找他，这条路不远，我很熟悉。”李癸泉轻声说。

歇了好一阵子，李癸泉慢慢地站了起来。他刚一迈步，就踉跄了一下，急忙用手扶住门板，没有跌下。李瑞春的家人急忙走来扶住他，拍拍他的背，然后送他跨出了门槛。他向李瑞春家人告别，就一步一步慢慢地踱出村外，向高岭村走去。

太阳又坠下了一大截，红霞布满了西边的天空，映得大地一片金黄。他双手拄着竹竿，站在那里喘气。平时不太注意，现在看着夕阳染红了满天的云霞，他才发现，这晚霞真的好美哟！他贪婪地多看了一下。

不远了，还有一里多路就到高岭村。他平时可没少来这里给村民看病，跟村民很熟悉呢。

路很近了，照平时，很快就能跑进村子里了。可是现在，李癸泉每迈一步，都好像要用尽全身的力气，他的身子好像被完全抽空了，一点力气也没有，他实在走不动了。他想，唉，天快黑了，看来，今天的任务完不成了。先回家吧，明天再来。可他似乎忘记了回家的路，只知道妻子一定在家煮好饭，等着他回去。他双手拄着竹竿吃力地站在那里，眼皮好像要把眼睛盖住。这时，耳边好像传来了李子安传达陈信材同志“要充分发动群众投入到抗日救亡工作中去”的声音；一会儿似乎又传来了儿子衍章的呼喊声：“爸爸！您在那里等着我，我去把你背回家！”

李癸泉用力睁开双眼，朦胧中看到两个人抬着一乘轿子从高岭村向他走来。他想：“大姑娘坐轿，头一回。我今天就做一回大姑娘，坐轿子回去吧，这一辈子还没坐过轿呢。”他准备迎着轿子向前走，请轿夫抬他回去。他迈开右脚，左脚刚刚抬起，突然，头就天旋地转起来，然后身子就向后仰，轰然倒下……

西边的太阳将最后一缕金黄色的余光全洒在他的脸上身上，然后坠入无边的黑暗之中。

不远处，滔滔滚滚的乾塘江传来了轰然的浪涛撞击声，雪白的浪花飞上了半空，然后洒下了无数的水滴，就像那满天的泪花……

尾　声

春天过去了，夏天到来了。不久，村子外面岭头上那棵凤凰树，花儿开得特别艳丽，一簇簇的红花铺满了树冠，远远望去，就像一片火焰在熊熊燃烧。

这一年，跟太平村隔着一片农田的南寨村，一位叫李时清的年轻人，也像当年李癸泉那样，举起右手，庄严宣誓加入了中国共产党。入党后，他带领着一群年轻人上山打游击，继续着前辈的事业。这群年轻人中，有一位叫李衍章，他就是大家熟悉的李癸泉的儿子。为了支持革命，他把自己家唯一值钱的一头猪卖掉了，钱全部拿来做革命活动的经费。

日本人投降了。

法国人也走了，广州湾回到了祖国的怀抱，一座新的城市——湛江市诞生了。

可是，躲到峨眉山上的国民党蒋介石集团要抢夺抗战的胜利果实，发动了内战，人民解放战争开始了。

1947年6月，李癸泉战斗过的地方被划为吴川县滨海区。滨海区人民政府成立后，区人民政府办公地点就设在李衍章的家里，也就是李癸泉亲手建的那座四合院。区长是李时清，粮农主任是李衍章。

1949年3月，共产党员李衍章到廉江县参加党培训班学习，学习结束回来时，在廉江县中塘仔被国民党军队包围。李衍章和战友们突围时，壮烈牺牲。

1949年11月20日，鲜艳的五星红旗在南二大地高高飘扬。

传说，当天，太平村外面岭头上的那棵凤凰树上，一只金色的大鸟长鸣一声，展开翅膀，奋力向着太阳飞去。

附录 《李癸泉手册》手稿（缩印件）

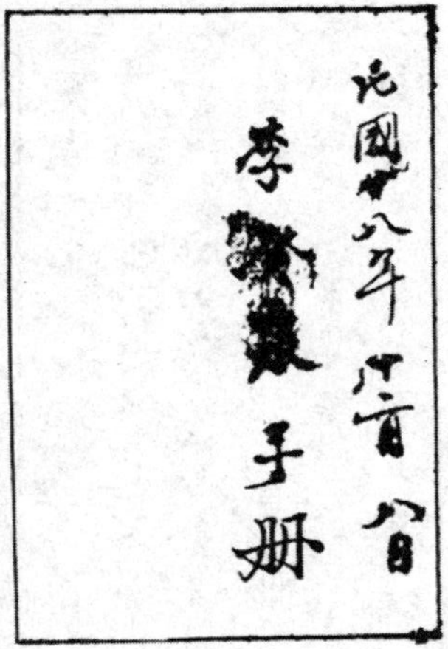

民國廿八年八月八日
李[illegible]手册

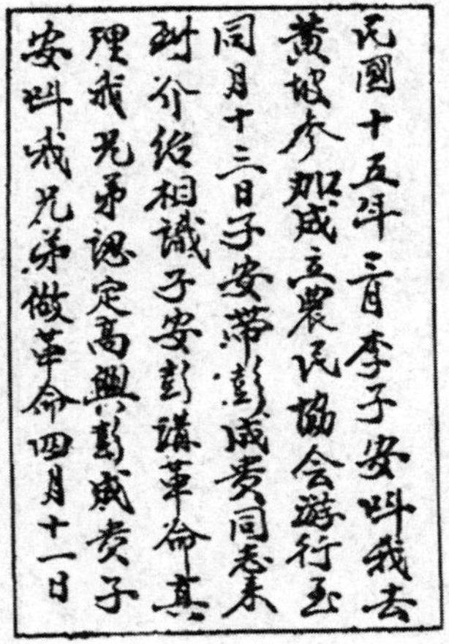

民國十五年三月 李子安叫我去
黄陂参加成立農民協会游行五
同月十三日子安帶彭成贵同志来
到介绍相識子安彭講革命真
理我兄弟認定高興彭成贵子
安叫我兄弟做革命 四月十一日

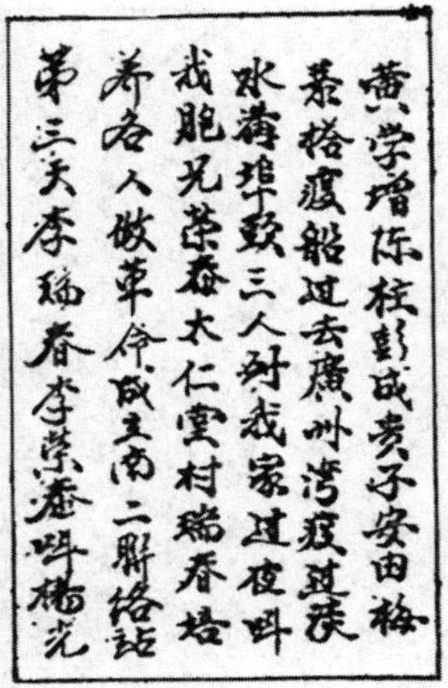

黄、学增陈桂彭成贵子安由梅
菉搭渡船过去廣州湾寂直淶
水濤埠致三人到我家过夜叫
我胞兄荣春太仁堂村瑞香培
养各人做革命、成立南二鄉络話
第三天李瑞春李荣添叫梅花

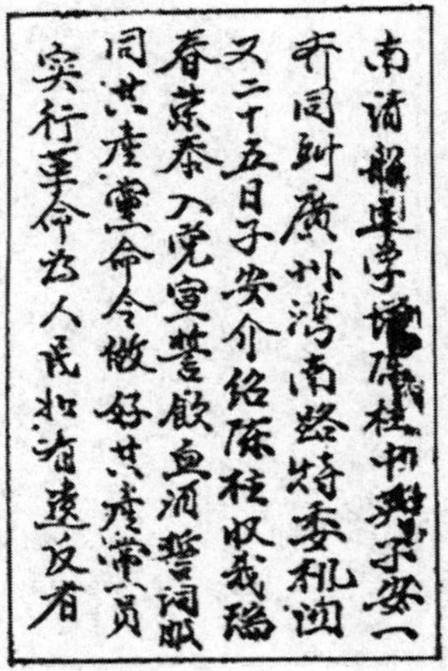

南请解黄学增陈桂和郑子安一
齐同到廣州湾南路特委机関
又二十五日子安介绍陈桂収我瑞
春荣泰入党宣誓歃血酒誓词服
同共產黨命令做好共產党员
实行革命为人民知道遠反者

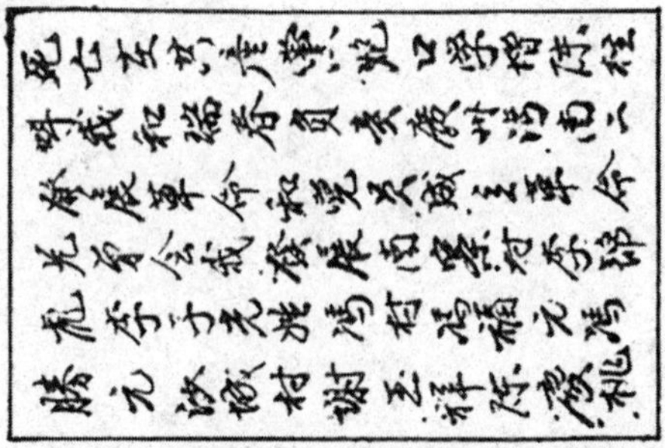

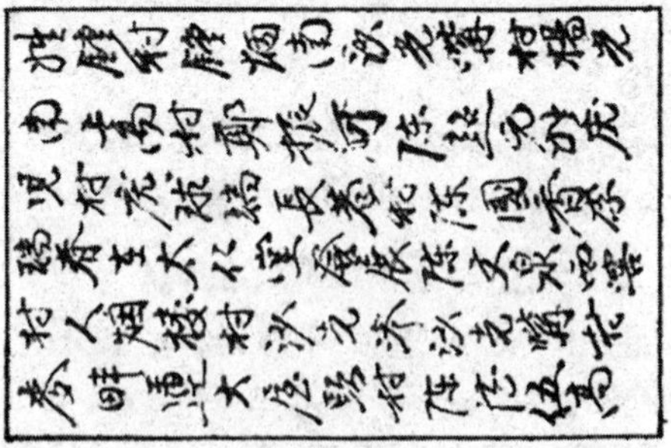

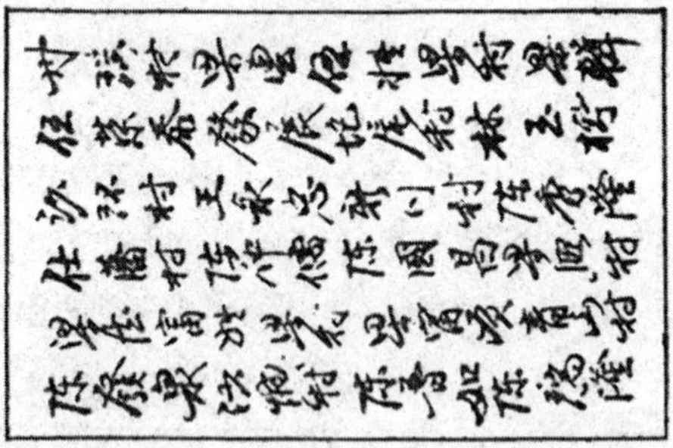

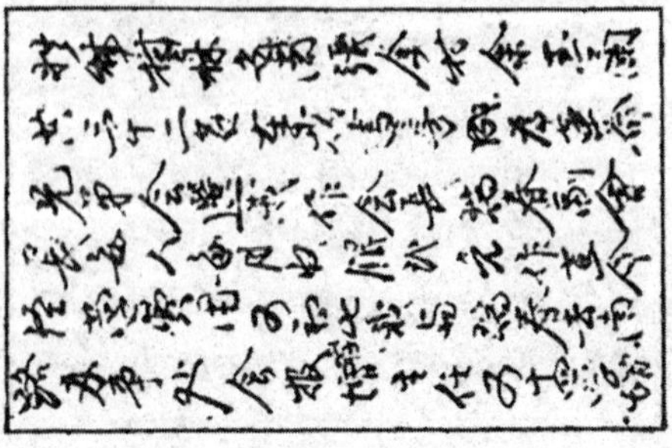

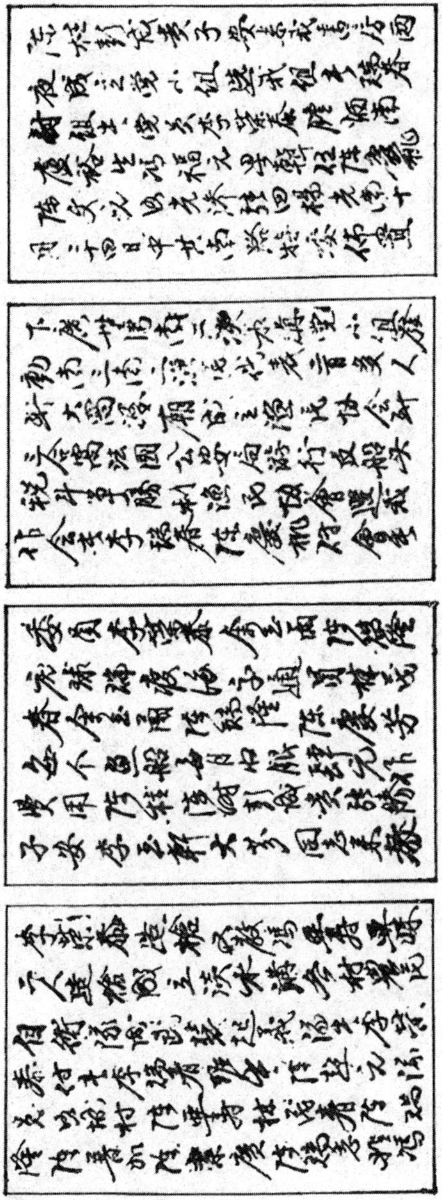

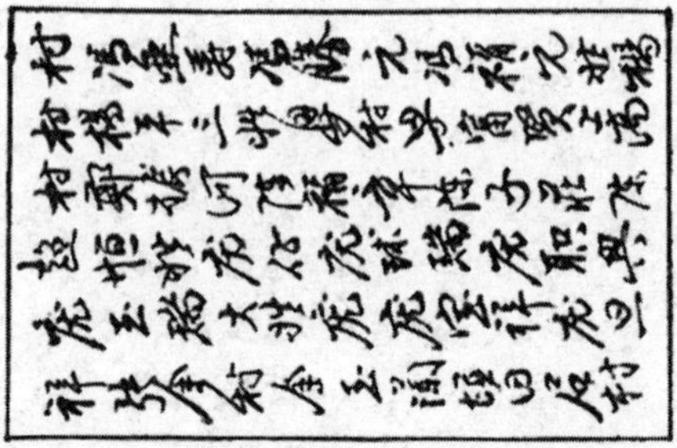

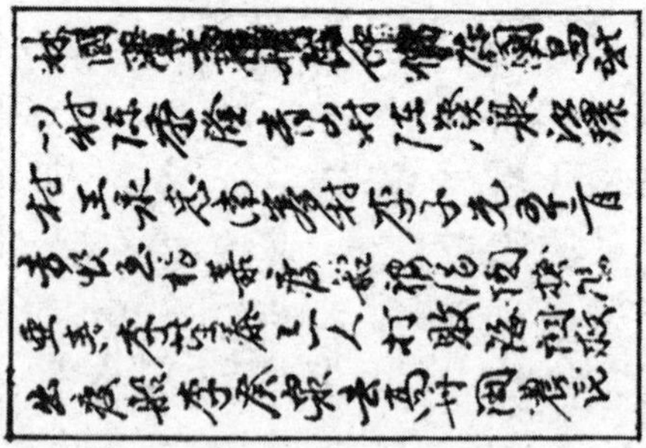

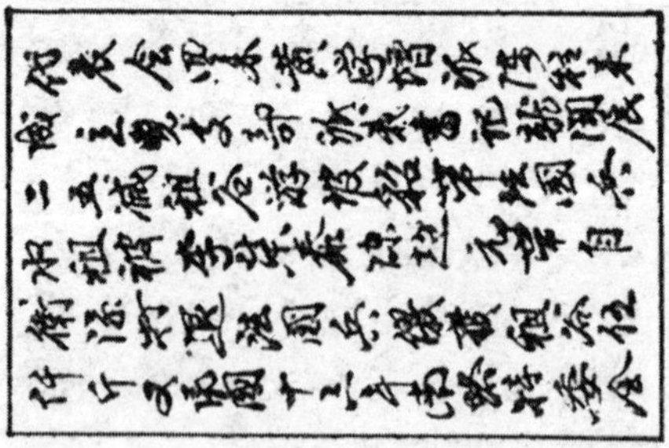

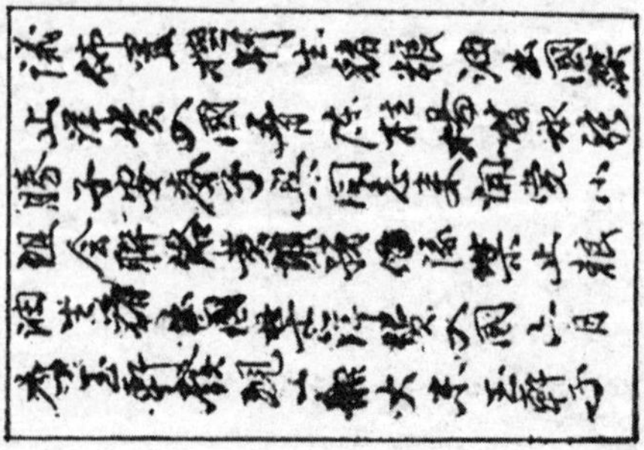

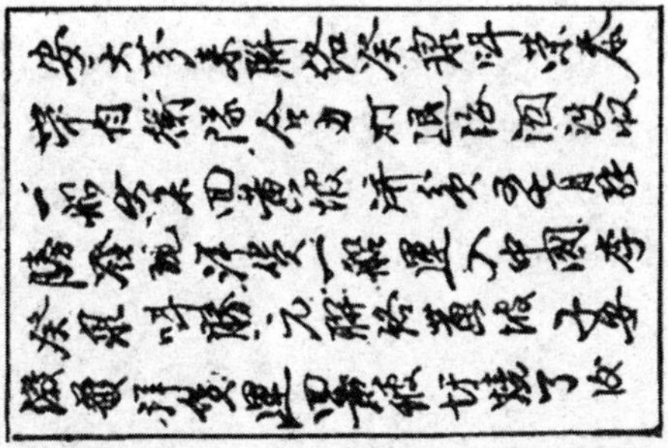

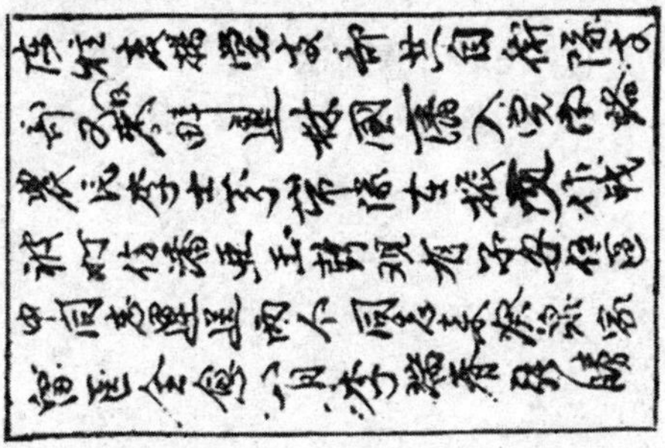

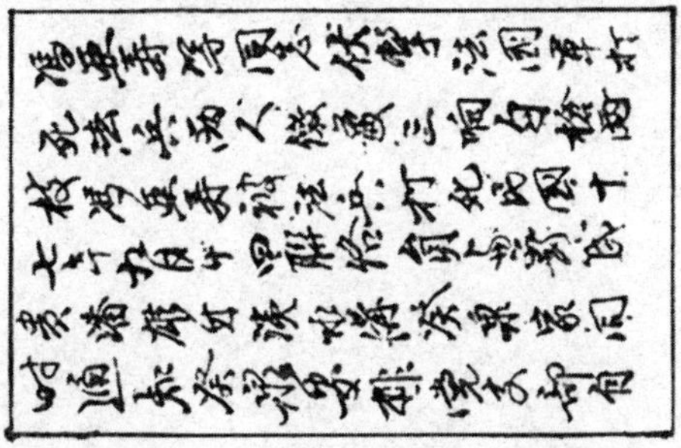

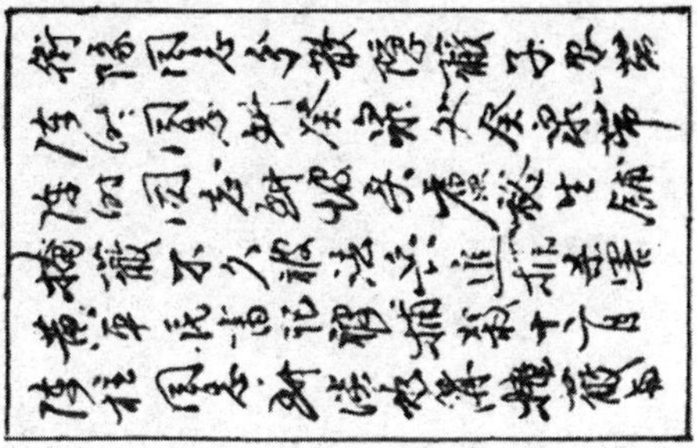

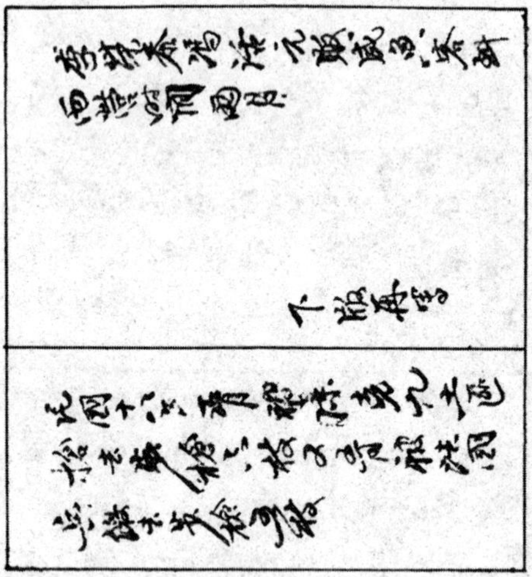

后 记

经五个月的努力，这本红色题材的长篇纪实小说终于和大家见面了。不管写得如何，终于完成了一件计划中的工作，自己还是高兴的。

自从《李癸泉手册》被发现以来，我就一直对大革命时期南二革命斗争的历史感兴趣，对革命先驱李癸泉怀着敬仰之情。我曾两次去过李癸泉的家乡，可惜的是，他的泥砖故居在倒塌之后，已被年年岁岁的风雨夷为平地，至今一点痕迹也没有了。我只能听着他的邻居亚婆在述说着李癸泉旧居的坐向与规模，心中充满了惆怅与感慨。他的儿子李衍章在新中国成立之前英勇地牺牲了，除了一个外嫁的孙女，李癸泉已没有后人。我总想着能为这段历史、这些先驱做些什么。

2021年是中国共产党成立100周年，我就写了一篇关于李癸泉的报告文学《一个书写红色史册的人》。有幸得到《湛江晚报》的青睐，全文登载了这篇不短的文章。

2022年，党的二十大召开之前，我们区文联要我们创作作品，以实际行动迎接党的二十大召开，可以说我是“闻风而动”吧，马上再次走访李癸泉的家乡和他曾经战斗过的地方，查阅史料，在原报告文学的基础上，创作了小说《李癸泉》。

区文联对创作这本书是重视的。初稿出来后，马上组织召开了该书的研讨会，并组织出版这本书。区文联林瑞梅主席还为本书写了《一份真诚的礼物》的代序言。卢凌日、林景、苏波、游真兴、吴卢明、陈华轩、陈通、周环玉等先生以及吴芝女士分别对作品提出了中肯的修改意见。另外，我区的文史专员林汉英先生也对本书涉及的历史问题给予帮助。在此，我对区文联的领导和上述的文友表示衷心的感谢！

我喜欢文学，也喜欢写写东西，但我是一个不够勤奋的人，平时都是写一些玻璃碎般的短散文，没写过小说，更不要说长篇小说了。可以说，写小说我还是个门外汉。现在，出于一种心中的想念，或者叫责任吧，写了这部“处女作”。我深知自己功力不够，作品中不足之处必定很多，这只能请行家们多多指教了。

作 者

2022年7月